東方搜神局

天火傳 III

劉德華 主創

張志偉 曹志豪 吳家強 著

目錄

第一回

魔窟崩塌

九龍城寨，經過了四十多年不受法規管制，城內有著獨特的地下秩序，六英畝半土地上矗立了五百幢非法建築大樓，住上了四萬多位來自天地各方的居民。然而，即使風起雲湧近半世紀，它終究到了崩裂倒塌的一天。

一九九三年三月廿三日，一張巨大的橫幅寫著「迅捷・克蘭組合公司」，高高掛在其中一幢大廈的三樓外牆。大廈前面的工地上，搭有一個小型主禮台，台上紅布背板貼有金色大字「清拆九龍城寨動工典禮」，以示這天是個隆重的日子。

一名建築公司代表陪同一名英國人官員，走到主禮台旁邊的拆樓工程車前面。當官員看準記者們的鏡頭都聚焦於自己身上，便展現紳士般的微笑，提起右手那把禮儀用的金剪刀架在紅布帶上，布帶的另一端正繫著工程車懸垂的大鐵錘。

隨著公司代表「三、二、一」的倒數，英國人官員金剪一揮，工程車的吊臂擺動，大鐵錘隨即撞向前面的大樓，粉碎了經歷三十多年風雨陰晴的窗框和外牆。

通過電視直播，這一錘彷彿告訴世人，這個被人稱為「魔窟」、「罪業之城」和「三不管地帶」的巨大建築群，今天要開始崩塌。

「犯大忌啦！」遠處的大樓，穿著涼鞋的男人坐在天台邊緣，拿著罐裝啤酒，指著正在舉行動工儀式的工地，大聲叫罵：「曆書明明寫著今天『忌動土』，這些洋鬼子到底懂甚麼，簡直是胡來！」

話剛說完，工地又傳來大鐵錘拆樓的巨響，砰砰！沙喇！大廈逐幅牆倒塌。

男人不勝唏噓，幾乎半生的回憶，正逐漸埋葬在沙土中。一想到這裡，眼淚差點不爭氣要流出來，於是他一口氣喝下罐中的啤酒，回頭大叫：「小子，再來一罐！」

「老孫，別一個人坐在那裡，快來坐下。」

這時候，陽天正忙著準備一席豐富的慶功宴，好好招待席上的三位貴賓，一邊大快朵頤，一邊現場欣賞城寨光榮終結的一刻。

這天以前，陽天與這三位貴賓合稱為「城寨四天王」。

一九八七年一月，中英兩國政府宣佈清拆九龍城寨，陽天與城寨成為了命運共同體。

一九八八年六月，他協助了決定離開地球的外星族群之後，便動用「城寨四天王」的實力和人脈，照顧餘下好幾千位無助的居民在城外落腳，他們不止來自五湖四海，也來自宇宙星際。

四天王的安置計劃，分成城外和城內兩大部份。

城外，「東天王」秦豪和「南天王」彭博，安置外星族群搬到政府新拓展的社區，如新界東的大埔和粉嶺，以及鄰近香港北面邊境的天水圍。兩人旗下的「秦皇地產」和「彭氏企業」，也先後取錄了五百名異形，讓他們擔任適合的工作，融入城寨以外的新生活。

城內，「西天王」陽天與「北天王」重華，則帶領外星族群處理城寨各種危險的善後工作，最重要的，就是把所有與黑隕石有關的證據完全消除。光是尋找城內的「公共水龍頭」——洩漏黑隕石能源的裂縫，二人就花了半年以上。

當中最大的麻煩，是城寨地底的巨型黑隕石。猶幸以人類現時的科技，尚無法深入地底三十五哩接觸它，陽天才稍稍放心。

四天王前後花了四年才完成整個計劃，到了今天，終於可以在這個慶功宴舉杯。

「東天王」秦豪行年七十有六，早在六年前已退出城寨，到城外發展「秦皇地產」。但為了陽天提出安置城民的義舉，便再全力投身城寨，幾經困難得到今天的成果，不禁鬆一口氣說：「能成功抽身，算是了不起囉。」聽此，陽天敬他一杯。

「南天王」彭博聘用了三百名外星異形，入職他家業「彭氏企業」旗下的民生單位。有一半木星人血統的他，今天不再飲功夫茶，改飲紅酒，手持酒杯說：「拆掉城寨，改建公園，就為洗白下一代的記憶。可惜，可惜。」聽此，陽天與他乾一杯。

「北天王」重華，致力於聯繫各個外星族群達成共識，才可以順利清洗城寨。可是，她此刻仍有心事未了。為了不打擾慶功宴的氣氛，便裝作輕鬆地問：「噢，陽天，怎麼今天沒有請漂亮妹妹來？」聽此，陽天放下酒杯，心忖話題終於扯到愛人向明月身上。

向明月是月球背面基地「姮娥」的遺裔，與身為「羿」的陽天有著不可逆轉的宿命——

「射日之羿死於地球，姮娥奔月不死。」

莫說今天，重華這一年多以來，都沒機會再與她到城寨附近的茶餐廳，享受美味的咖啡和蛋撻。

「阿月，她嘛……不巧啊，她今天應該是到大學提交博士生論文，很重要的。」

陽天說得輕鬆，然後乾掉一杯紅酒，心知剛才的話無法瞞過席上所有人，幸好孫行土醉了，沒有說出真相。

四年前，一九八九年春天，四天王安置計劃正式啟動。

自此，陽天與來自不同星系的異形相處多了，大家都打破了種族隔閡，閒時會找家酒吧聊天。陽天最愛聽他們說的星海遊歷，讓他好像身歷其境，去了一趟星際旅行，從無以名之的銀河橫跨至他所在的太陽系，面對無垠宇宙，陽天自感比微塵還不如。

陽天問他們為何會滯留地球，各說前因。愛扮成鬍鬚漢子的異形率直地說，本來想尋找傳說《山海經》是先有圖，後有書，又傳說大禹鑄九鼎，把山海圖鐫刻在九鼎上，然而隨著九鼎丟失，山海圖也隨之丟失了。

足夠的黑隕石能量，前往高維度空間，即是地球人神話和宗教所指的樂園、天堂、淨土或極樂世界等等。「只是，現在我愛上這個小小的星球，不打算去了。」

「陽天，你想去嗎？」另一位打扮成日本年輕偶像模樣的異形問陽天。

陽天碰他的杯當作回答，只因他實在不願說出自己現在寸步難移。

那晚聚會之後，陽天回到點石齋。這是在上環古玩商圈中最不起眼的一家店，夾在花店和長生店之間。平日絕少客人光顧，只因關店的時間比開店的多。

沒有人知道這家古玩店，其實是跨國特工組織「東方搜神局」的香港分部，現存僅有兩名高級特工，正是陽天和孫行土。因為有這兩位特工努力斡旋外星異形與地球人之間的糾紛，九龍城寨才可以順利走進歷史。

陽天走上小閣樓，那是他的辦公室和睡房，以及第二人生的起點。

在分門別類的檔案箱中，陽天找出了一卷近四百年歷史的古畫，把它放在地上，拉出了十呎長的橫幅，畫名《山海圖實考》。雖說是山海圖，但它不是古本《山海經》原來的那幅，而是搜神局的前身「東方巫師團」對《山海經》的研究及實踐。

在蒙古軍攻打亞歐大陸的金戈鐵馬時代，東方巫師團派出了超過二百位男女巫師，依照古本《山海經》的內容進行探索。

直至明王國中葉，巫師們的後人陸續回到中土大地，根據由先祖累積至今的百年日記繪出《山海圖實考》，當中最重要的成果，是列出了可能通往神明世界的天梯遺址。

《山海圖實考》證明了《山海圖》是距今六千多年前的世界地形圖，從二十世紀的眼光看，古代巫師所行的路線橫跨了整個亞洲和北非洲，最遠還到了南美洲。

除此以外，東方巫師們還記錄了各地的奇人異士，綜合多國民族的神話，發現種種天外危機，特別是每三百三十年掠過人間一次的巨型災星，以及從它本體上散落的黑色隕石。

陽天認為，《山海圖實考》就是東方搜神局的種子，也是他人生的指向。為了突破現有的困境，他要籌備一次媲美「夸父追日」神話的旅程。

在出發前，他必須裝備自己，決心告別鷹翼太陽輪弓，展開新的神射手人生。

同年夏天，陽天回到小時候生活的地方——鑽石山。

《山海經》記載的神話「夸父追日」，描述當時的夸父族人為追尋日出之處，從亞洲的東北方東渡鄂霍次克海到達堪察加半島，又越過白令海峽來到北美洲的阿拉斯加，再向東到達加拿大西海岸。在北美洲落腳之後，一部份夸父族人繼續南下，經中美洲抵達南美大陸，一路上又建立了不少國家，這趟漫長的遷徙過程前後經歷了數百年。

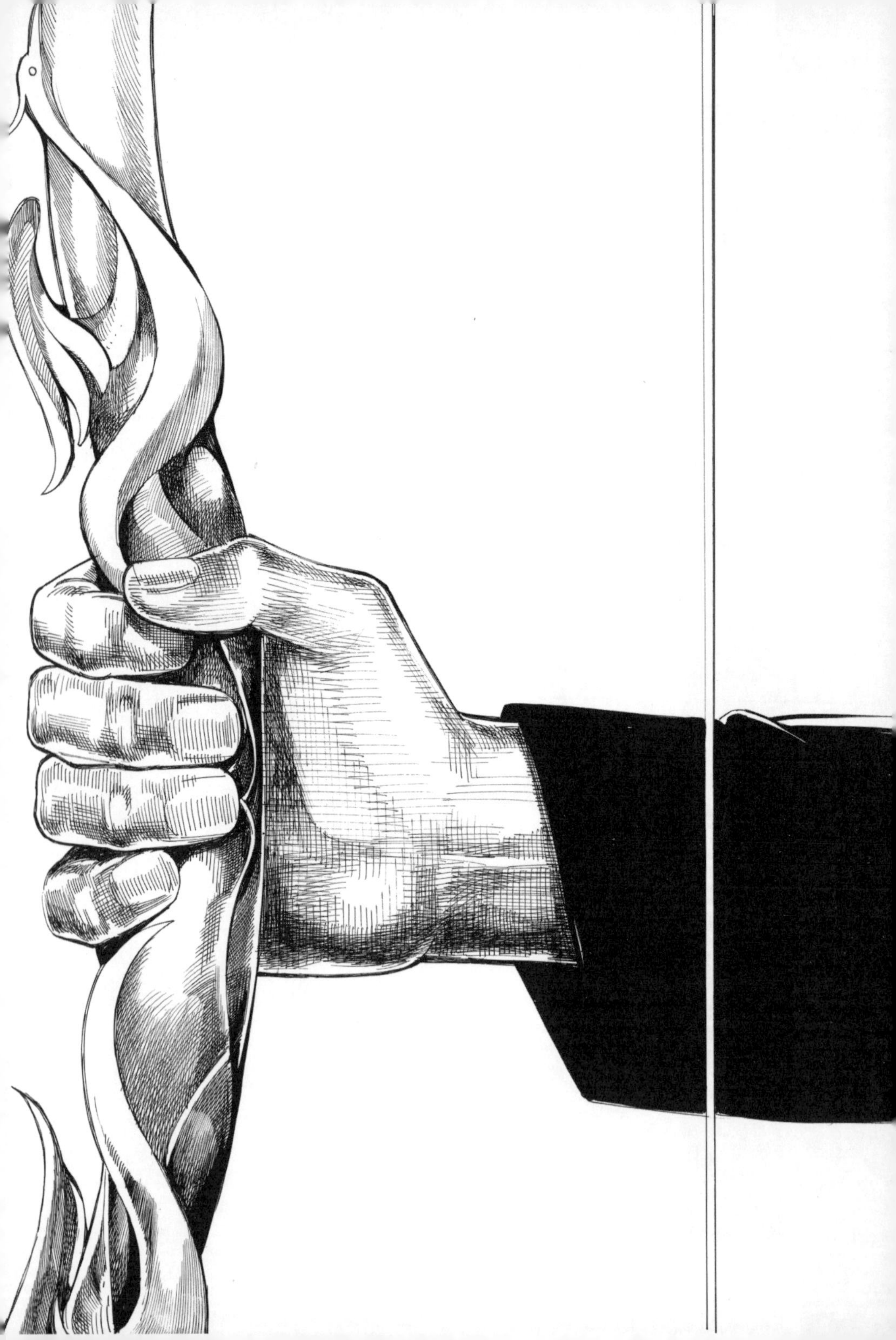

十多年前，這裡山上山下全是木屋，像九龍城寨一樣住滿了人，但沒有鑽石。自七歲從吊頸嶺的孤兒院逃出來之後，他在街上流浪年多，在天橋下與流浪漢一起生活，學會不少謀生技能。

九歲那年，有一位大嬸勸他到鑽石山的上元嶺村居住，那裡剛有一間架在榕樹上的小木屋空出來。落腳後，他在附近的石油氣店打工，幫忙送石油氣罐和做雜務，賺取生活費。

在那生活圈，人人都叫他做「孤兒仔」。

早上，他會到公園跟那位太極拳老師傅聊天。老師傅愛吸國產香煙，笑他：「名字無所謂，到重要的日子，才為自己取個響噹噹的大名吧。」

於是，孤兒仔問老師傅的大名。

「我還未到那重要的日子哩，叫師傅，或是叫老煙鬼，都沒所謂。」從那時候開始，他便成為老師傅的不入門弟子。

過了一年，孤兒仔長高了不少，可以一個人踏著大型送貨單車，每天在斜路上上落落。

後來，到了孤兒仔十一歲，重要日子來了，他終於有了自己的名字，印在兒童身份證上。由那一刻開始，他就叫「陽天」。

之後，政府為了興建大老山隧道，把鄰近的木屋區陸續拆卸。幸好，十三歲的陽天儲了好幾百塊，可以搬到土瓜灣的唐樓，與來自不同行業的男人們共住一間五百平方呎的板間房。

從此，他白天到馬頭圍的電子零件工廠上班，晚上去夜校讀中一。五年後，他取得中學會考三優二良成績，便投考維護社會治安的警察。

今天，陽天重遊舊地，變得面目全非。當初學習太極拳的公園在哪？雖然太極拳老師傅不可能還在，但他教的種種卻種在陽天心裡。

十年樹木，成材了。

只是，陽天想再成長，難道要等上百年成樹人？

一九九零年春天，陽天帶著兩支瓶裝汽水，來到城寨中央的青少年中心，探望一個在打乒乓球的小男生。

小男生最愛喝瓶裝汽水，尤其喜歡那份糖水和二氧化碳混合之後帶來的暢快，然後大力從喉頭吐出一口氣。

「陽天，你煩不煩呀，隔幾天便來煩我。我有許多家課呀。」一副小學生模樣的小男生，其實是仙女座星系異形。有誰喜歡做家課？就算外星來客也是，但他扮成小學生的模樣，就是為了享受地球人最快樂、最無邪的人生階段。

聽此，陽天照常坐在小男生的旁邊，咕咕幾聲將汽水喝光。即使小男生再三拒絕，陽天還是厚著臉皮向他求教，只因他是城寨異形中遊歷最多星系的一個。

宇宙中有沒有可以增強箭力的法門？陽天想知道答案。

「答案比我的升班試卷還要難哩，」小男生有點不滿地說：「你前前後後不過拿六瓶汽水來孝敬我，好像沒甚麼誠意啦。」

「你喜歡的話，我馬上搬一盤廿四瓶來。」陽天只得恭敬地補救。

「唉，你搞錯了。」小男生搖搖手上的球拍說。

乒乓球室內，沒有其他人，只有陽天和小男生站在乒乓球桌兩端。

陽天右手貫入陰極能量握球拍，左手帶著陽極能量拋球，絕不保留地展示「太極箭氣」。

可是，連續打了五分鐘，陽天滿身大汗累倒在地上。

小學生蹲在陽天身旁，用球拍輕拍他的頭，說：「想贏我的話，告訴我生命是用甚麼構成的？」

陽天心想，那是六年級科學科的問題吧，便嘗試回答：「氨基酸……嗯，核糖核酸……就是細胞。」

可是，小男生再拍陽天的頭，說出一句外星語言。陽天聽後呆了一下，小男生知道他聽不懂剛才的正確答案，便想了兩秒，改用他聽懂的語言重複。

「木、火、土、金、水。」小男生說的是五行。

宇宙中各種事物和現象的發展、變化，都是金、木、水、火、土這五種不同屬性的物質不斷運動和相互作用的結果。

陽天仍是大惑不解之際，小男生用球拍指向窗外，說：「看清楚你的世界，留意每個生命和每樣事物的不同和變化，如何令世界變得這樣精彩。」

雖然陽天聽懂了很多，不過他還是有一個小學程度的問題，要向小男生發問：「五行能勝過太極……？」

「你煩不煩啦，自己找答案吧。」

自此，陽天開始留意日常生活中的五行現象。

在點石齋附近的卜公花園裡，陽天撫摸榕樹垂下來的氣根。木，會生長發育。

在點石齋旁邊的文武廟內，陽天見善信們把紙紮祭品放進化寶爐燃燒，火焰熾熱，煙氣隨熱空氣上升。

在秋風涼爽的日子，陽天騎著電單車到了清水灣大坑墩。他拉著長長的風箏線，在草坡上逐風而行，看見黃色風箏拖著斑斕長尾飛上空中，萌生久違多月的歡樂。腳下的土地，給他踏實的感覺。

來到冬天，陽天拔出了很久沒使用過的大馬士革鋼刀，用左手食指和中指沾上冷冷的水液，抹過刀身上充滿魔性的髮絲花紋，冰涼的觸感滋潤了它的肅殺。在未沾持刀者的殺性時，這柄鋼刀還是懂得收斂它的鋒芒。

經過了一年的揣摩，陽天開始苦練將太極正反能量轉化成五行氣勁。

成功之後，陽天便學習用一隻手聚氣，並融入古代中國的五行理論，化成拇指紅火、食指黃土、中指白金、無名指黑水、尾指綠木的氣勁。

一九九二年秋天，陽天在小男生等多位異形朋友的引導下，了解五行的始源——宇宙大爆炸的過程，跟老子《道德經》中提及「天下萬物生於有，有生於無」，以及太極拳的太極歸無極一樣，從而套用在五行氣勁的運用上，終於練成五行合一的境界。

乒乓球室內，陽天和小男生站在乒乓球桌兩端，旁邊有多位異形朋友為陽天打氣，以及打賭誰會勝出。

陽天托著乒乓球，掌心浮起五色氣勁，在交流，在排斥，球依然浮在掌上，證明了生剋互動成功。於是，他立即揮動球拍，打出苦練兩年的成果。

首局是小學生勝，次局是陽天勝，直至第三局陽天撐到局末平分時，打出決勝負的一擊，乒乓球如流星撞上小學生的球拍，嵌在上面動也不動。小學生氣得棄拍，異形朋友判陽天勝出。

那天晚上，陽天以汽水代酒，跟這些外星好友慶功，通宵達旦。

一九九三年三月，九龍城寨開始清拆；翌年四月，整個工地上只餘下孤單的衙府，留作日後公園的辦事處之用。

以往「城寨四天王」
和「罪業之都」等惡名，
正式湮沒於歷史之中。
　消失在地圖上，卻烙
在人心中。世上至少有兩
個人不會忘記這個地方。

一九九四年五月某一天，午後的陽光照到九龍城警署。

反黑組的辦公室內，孫行土謹慎地操作電腦，叫出警員編號PC9527的機密檔案，然後終止原有的臥底任務，也就是將他復職，調回反黑組。

「PC9527，歡迎你回來。」孫行土跟坐在身旁的陽天說。

陽天打量電腦熒幕上的入職照片，當年那副稚氣未減的嚴肅表情令他不禁一笑，說：「原來當年的我是這樣子的！」

孫行土此刻才發現，陽天在這七年間有很大的變化，不止稚氣全消，就連以往掛在臉上的堅執都漸漸褪去。

不知不覺間，這「小子」都已經二十七歲了。

陽天提醒孫行土說：「喂，還差一步。照我昨晚跟你說的做吧。」

孫行土猶豫一下，反過來提醒陽天：「小子，好歹這是鐵飯碗……」

「老孫！」陽天厲聲催促，孫行土只得依陽天的意願，批准他即時辭職。

自黃竹坑警察學校畢業之後，陽天最初被派駐香港仔警署，之後調任九龍城警署，由巡邏小隊、失物處理部至反黑組臥底，今天正式結束警察生涯。

繼西天王之後，陽天終於卸下警察這個身份，可以輕身踏上籌備多年的旅程。

孫行土問：「你今天晚上出發？」

陽天答得直接：「待會。」為的是不讓孫行士看著自己離開。

孫行士站起來，立正舉手向陽天敬禮，說：「等你回來喔。」

在場的警察紛紛望過來，陽天也站起回禮。

回到小閣樓，陽天把《山海圖證考》的影印本放進背囊內，終於踏上作為「羿」的修行旅程。

離開前，下午的陽光仍努力地照亮這小房間的每樣事物，包括夾在玻璃桌面下那兩張麗宮戲院戲票。座位 T-25 和 T-26，日期印著一九九二年三月那一天晚上九時半，正是麗宮戲院結業那天的最後一場。

陽天自掏錢包包下了那一場，與九龍城寨居民們一起坐滿三千個座位，欣賞當時二輪上映的香港搞笑電影。坐在 T-25 和 T-26 這兩個位置上的是他和向明月。

滿場不絕於耳的歡樂笑聲，推動時間過得特別快。

戲終人散，向明月對陽天說聲保重，便獨自走到戲院對面的巴士站，搭上 61X 號巴士回家。那天晚上，是陽天最後一次見到向明月。

之後，陽天曾到過她的家。她的大哥說她一言不發地離開了香港。

向明月在逃避宿命，而陽天呢？

他揹上行囊，一個人在途上。

《淮南子・本經訓》曰：「堯之時，十日並出，焦禾稼，殺草木，而民無所食。猰貐、鑿齒、九嬰、大風、封豨、修蛇皆為民害。堯乃使羿誅鑿齒於疇華之野，殺九嬰於凶水之上，繳大風於青丘之澤，上射十日而下殺猰貐，斷修蛇於洞庭，擒封豨於桑林。萬民皆喜。置堯以為天子。」

雖然陽天已練成將五行氣勁化成各類氣弓氣箭，但他要尋找屬於自己的神射手人生。

在上古時代，天上出現了十個太陽，地上有著強大的外星異形。

為了讓弱小的人類在嚴峻的環境下繁衍，人類的巫師向天召喚英雄，第一個從天降臨的，正是一位代號「羿」的神射手，他裝備了人類尚未發明的武器——弓和箭。

羿為了維持人類在這星體的發展，毅然射下九日，並消滅禍害人間的六頭兇獸——鑿齒、九嬰、大風、猰貐、修蛇及封豨。

無知之知

第2回

MMXXII

二零二二年仲夏夜，城市沉睡了。

陽昭和春風來到晚間帶涼的銅鑼灣夜巡，探查近日於這區出現的分散式異常能量。不止這區，它們正從四面八方陸續潛入香港。

陽昭知道孫行土曾向亞洲總部提出增援，但得到的回覆是，暗黑搜神局已經在全球騷動，見道命令大家堅守原地為重，再待安排。

因此，香港分部這兩位年輕特工在大廈之間不斷起落飛跳，耳畔響起的風聲出奇地溫柔，恍若古老的音韻慢慢將緊張情緒消解，牽引二人進入專屬的天與地。

他們來到一處滿是舊唐樓的社區，在其中一個天台停下來，於寂靜的夜中互相凝視。

良久，春風才輕聲說：「這是我在搜神局的最後一次行動了，完成之後便要回到吉隆坡歸隊。」

陽昭沒有太大反應：「夜貓小隊四姊妹齊心，虎將真的如虎添翼。」

春風看著陽昭說話，同時也聽到他心裡的另一句：我知道妳快要走了。

所謂彼此心照不宣，大概是這麼的一回事了。

春風知道陽昭一直裝作平常，但其實這段日子他一直受到母親遺傳的「月相力量」所煎熬，身心都承受強大的衝擊，只是一直為了種種理由而堅持著。

例如，陽昭若不夠強大，就不能保護身邊的人，包括春風自己。又或是，為了至少能夠好好送她離開。

陽昭看到舊唐樓的書店，在關門後仍亮起一盞長明燈，那溫柔的暖光，盡力照顧著夜路上的人們。他想起自己正在做的事情，這不是和那盞燈一樣嗎？

春風洞悉陽昭心情：「我想逛逛書店。」

兩人輕易打開了上鎖的書店大門，然後安靜地關上。

陽昭看看書架，拿起其中一本：「《蘇格拉底》。都是賣哲學書的。」

春風淡淡一笑：「其實蘇格拉底只是透過對話來探究真理，沒有留下任何著作。」

陽昭又拿起了其他書來看，一邊說：「原來如此。後世的人因為研究他，反而得到了很多獎項，有了名譽和地位。這樣的事情，好像是一種宿命，我搞不懂。」

「對啊，這位公認的哲學之父並沒有得到甚麼獎項，但卻留名青史。這並非是他比任何人都優秀，而是因為他比任何人都謙虛。獲得諾貝爾獎的學者，都對自己的研究信心十足，不過，那些都是謙虛地持續探究智慧所帶來的自信。不思努力，只知道毫無根據地驕傲自滿，這種人不可能得到榮耀。」

春風回應，心中同時想起在吉隆坡的生活，想起養育夜貓小隊成才的林英，她確實想念家人了。

陽昭放下了有關蘇格拉底的書，說：「太多說謙虛很重要的話了。妳不認為嗎？這到底是為甚麼？做人自信十足不是件好事嗎？」

春風輕輕點頭說：「正如蘇格拉底『無知之知』的概念，可以派上用場。無知之知，就是以認識自身意義為前提，首先要承認自己的無知。」

「好像武俠小說的內功心法，嘿！」

「事實上，這樣的說法也可以成立。現在蘇格拉底被稱為哲學之父，但他本身只是一個平凡石匠的兒子。有趣的是，他在某天聽到一個驚人的傳聞，他的朋友在德爾菲神殿聽到了神諭，內容居然是『蘇格拉底乃全希臘最聰明的智者』。而他為了確定這道神諭是真是假，於是四出請教當時被稱為智者的人。」

「這是個不會有答案的問題。我再用武俠小說做比喻，就像沒辦法可以知道，江湖上誰的武功才是天下無敵一樣，不可能存在所有人都滿意的答案。」

「是的。但蘇格拉底發現更重要的真相。這些被稱為智者的人，只是裝出一副無所不知的模樣，其實與自己並沒有甚麼不同。而真正不同之處，是蘇格拉底明白自己一無所知。」

「在這方面，已經比那些智者優秀多了。對嗎？」

「因為不懂而裝懂，就會失去學到更多的機會。相對於不懂裝懂，承認自己的無知，才會懂得更進一步求知，這樣就會有機會增加知識，變得更聰明，更接近真理，這就是『無知之知』的意思。」

說罷，春風將書放下，走到書店那盞長明燈前，光線映在她輪廓優美的側臉上，另一面則隱沒在黑暗之中。

陽昭看到這個畫面，心裡泛起美麗的感覺。不過，他還是理智地冷靜下來，繼續說：「所以，人們常說提問能力非常重要，可是我們的社會特別拙於提問，學校也不是真正鼓勵提問，工作上更會招來白眼，但一般又說提問很重要，這是甚麼的一回事呢？」

「蘇格拉底晚年真是因為到處提問，被人以腐化青年思想等理由而受到審判。他抓住每個年輕人不斷提問，因為他認為不斷提出問題，就能接近真理，這是他的『對話』。更重要的一點，是不能立即說出答案，而是讓對方有機會自行思考，因為立即把答案交出來，對方就不必再去思考了，變成了單純被動聆聽而已，他認為這談不上對智慧成長有任何幫助。」

春風說著，同時目光一直沒有離開那盞燈。「不鼓勵發問的影響，令我回想起在學校聽課的消極模樣，老師單方面講課，學生只能迷迷糊糊地聆聽而已，並非協助學生自行思考。」

聽到這裡，陽昭驀地看到書店內有一個小型雪櫃，他打開來看，發現全是日本的瓶裝啤酒和罐裝咖啡。「晚上應該喝甚麼好？」

春風來到陽昭身後，代他決定，拿出了兩瓶啤酒。

陽昭把紙幣放在雪櫃上的松柏盆景旁邊，打開瓶蓋，和春風豪邁地碰瓶。

春風說：「我就像蘇格拉底，協助你自行找出答案呢！」

陽昭說：「在他的年代，那就會被視為危險而判罪了，不過他沒有退縮。如果不窮追不捨地問，就沒法找到答案。」

春風喝了一口啤酒，輕輕點頭表示認同。

陽昭補充：「也許可以這樣說，每個人的答案或者有所出入，彷彿令問題變得不是最重要，因為怎樣問和怎樣答，可以是完全分開的世界。不窮追不捨地問，就沒法迎接真理，也沒有契機進行思考。」

「這就是發問為甚麼這樣重要。」春風續問：「你有甚麼問題想問？」

「如果可以，我有很多事情想問問父親。」陽昭已喝光了這瓶啤酒。

「這是理所當然。如果不提問，就永遠都沒法解開疑——」

突然，玻璃粉碎的清脆聲音，春風手上的啤酒瓶摔破在地上。與此同時，她倒下來的肉體也如破碎的啤酒瓶，再無法支撐她的靈魂。

在去年四月對抗「乾」的聖殿之役中，春風身受重傷，加上隨時要離開陽昭的壓力與日俱增，讓她身心不斷受煎熬，康復難有進展。但她學會了陽昭那種強裝的堅強，希望至少能撐至她離開他的一刻為止。

可惜，她等不到那一刻……

陽昭看著春風倒下，那一刹那，時空彷彿停止，不容向前。他拚命伸手，但無力挽回。

嗚——！夜貓電單車在車輛稀少的高速公路上破風，陽昭左手緊抱春風入懷，另一手不斷扭動油門，期待奇蹟出現，可以突破現有每小時二百五十公里的車速。

他不敢相信懷中的春風已經死了，電單車錶板上顯示著她的生命數據，呼吸停止、心跳停止和瞳孔散大，雖然行動服早為她進行注射強心劑，她依然沒有蘇醒。

這一刻，陽昭不斷對春風低訴「不要死啊」的話音被風聲掩蓋，兩行淚水也被撲面而來的疾風吹開。

自詡是拯救世界的「烈陽箭」、搜神局高級特工，現在卻不能保護自己的愛人，陽昭對自己的怨恨隨著車速而加深。

當夜貓穿過了不長的隧道來到中環的高聳大樓群間，陽昭的大腦驀地不斷接收到從身旁、由上空，以及難以辨別來源的訊息，像是漫天飛揚的絲索正向他勾纏。

電單車越是極速離開，訊息越是糾纏不放；陽昭越是強行對抗，越是辨識清楚。

叛逃！強化！起死！復活！

這時候，陽昭只得單手緊抱著懷中的春風，堅持自己的正義信念，不可動搖半分。

夜貓電單車終於來到點石齋門前。

點石齋地下第一層的實驗室，向明月和孫行土急忙為春風搶救。向孫二人用盡所有搜神局的先進醫療儀器，仍未能讓陷入「死亡」的春風恢復心跳及呼吸。

向明月決定放手一搏，不管自己有多難受，也要運起永生不滅的「望月之力」，一手按住春風的心坎，務求藉著與月球同步的力量振盪，喚醒她的身體機能。

在急救的過程中，陽昭站在一旁，希望母親的月相力量可以有效，只是剛才繁亂的訊息又縈迴腦海，而且開始聽到更多細節……他開始產生疑惑，母親真的能救醒春風？

果然，春風不受用。

向明月嘆氣：「…昭，快通知虎將。」

孫行土急說：「陽昭，我立即安排搜神局專機送春風到其他分局治療。」

陽昭雙眼微紅說：「不要讓她離開我！」此話一完，他大腦被多股強烈的怨念所逼迫，霍然抬頭，顫抖地說出……

「他們回家了！」

向孫二人正不知如何回應陽昭時，室內響起一道門鈴聲，表示有人推門入店。

在監察屏幕裡，來者多達三十人以上，是開店以來最多的一次。

然而，人臉識別系統告訴孫行土，在二戰之後的大災劫中失蹤的九位前搜神局成員也包括在內，但他們不是已經變成半機械的生化人，就是接受外星異形改造的異種，或是強奪異人身體的怪物。

Sheung Wan.
鮮花公

孫行土料不到近日那些潛伏城中的威脅，竟趁春風在危急關頭而逼近眼前。

暗黑搜神局回家了！

去年四月，春風在「乾」聖殿發出了一個全球性求救信號，觸及流散各地的暗黑成員產生「回家」的念頭。他們用盡海陸空各種手段前來信號發出之地，在市內潛藏，日漸聚眾。

此時，保安系統的警報聲不絕，雖然破門而入的只有三十人，但在店外包圍的早已塞滿馬路，至少有二百人。

「老孫7688456-X，棄守！」孫行土突然下了這道決定，沒有半點不捨。

搜神局香港分部的防禦系統，一旦接受棄守的指示，便會啟動最高級別的防禦措施，從地底五十公尺下透過特製的管道輸出液態氮，讓整個點石齋連地下據點陷入「絕對零度」的冰封境界。

時間倒數尚餘十分鐘……

第三回

獵獸修行

陽天手持的《山海圖證考》影印本，標誌了六頭上古兇獸的遺裔離開原來的據地，數千年來移徙的路線。由於這只是明代中葉的記錄而已，陽天必須推算包括饕餮在內的六大兇獸現今的去向。

比起宇宙無垠，天高海闊又如何？

一天過一天，一月過一月，陽天有時候會忘記時間已匆匆溜走……

【古都的吃人者】

一九九五年十月，韓國漢城。夜幕降臨這首都之時，黑暗似乎為它灌入了一種魔力。無論是傳統的韓國小酒館、異國餐廳、咖啡館和的士高，都亮起多姿多彩的霓虹燈，招引街道上摩肩接踵的人群。

燈紅酒綠的高檔酒吧，客人們做著各種遊戲，划拳也好，擲骰也好，敗者罰飲。即使是酒量好的人，三杯下肚，也會晃三晃。而膽子，會在酒精的刺激下壯大好幾十倍。

在攝氏四度的寒夜，一位俊朗的異國遊客剛走過酒吧正門，瞥見在這高檔地段也有繁華照不到的暗黑後巷。數數日子，今天正是他來到漢城的第五個晚上。他對這個弱肉強食的都市森林，厭惡感一天比一天強烈。

就在此時，一陣波動的能量反應閃現，終於給他捕捉到兇獸出現前的徵兆。

一星期前，曾有酒吧後門的閉路電視拍下了一頭快速掠過的巨大獸影。有報道繪聲繪影地說，牠有虎爪，善於奔跑，更以人為食，好事者稱牠為「漢城吃人猛獸」。

不論漢城有沒有吃人猛獸，「弱肉強食」這個叢林法則，照樣在暗黑的後巷上演。男人們被工作欺壓得辛苦，便發洩在出賣肉體的女性身上。

後巷深處，六個醉醺醺的男人擲下鈔票，然後扯著一名少女的長髮，不停拳打腳踢。五分鐘後，他們還不滿足，其中一個男人再取出鈔票，擲向少女那滿佈瘀傷的臉上。於他們而言，這不算是叢林法則的弱肉強食，而是生物之間互利共生。

此時，陽天走進縱橫交錯的後街，在餐廳後門的牆上發現一個六指爪印，比他的手掌還要大上一截。他謹慎地刮下爪印中的沙土，放進一支附有顯示屏的試管內，藉由測試沙土樣本的溫度，分析牠剛才出現在這裡的時間。

陽天心忖，這頭「漢城吃人猛獸」就是他第一個獵殺的目標——猰貐！

根據《山海圖證考》的描述，猰貐族異形擁有龍身、虎爪及奔跑迅速等特徵，二千年前於現今的北亞洲出現了棲息在弱水之中的亞種。

不消五秒，試管顯示出結果——四十七秒。陽天立即動身追上前方。

他右手拇指劃出一道紅色火焰弧線，化成一把四呎紅火弓握在手上。同時，左手拇指拉出了一支猛烈的火焰箭，搭箭在弦，聚力至極限，紅火變成更高溫的藍火。第一次面對敵人，不容錯失！

陽天估計兇獸就在前方一百呎，出其不意的是，頭頂突然有一道巨大獸影從天而降，他只能臨危仰天，千鈞一髮之際發出藍焰火箭。

聚氣而成的火箭擊中一隻比人更高大的獸形生物——不，是被牠咬住了。

猛獸直撲落地，陽天只得翻身避開，同時右手催動五行合一的箭氣，準備反擊。然而就在剎那間，猛獸粗壯如柱的左前爪已抓住他的胸口，順勢把他直壓在地上。

在火箭的映照下，陽天只見猛獸眼睛猶如火海中的紅寶石，頭頂生有月牙狀的獨角，尖長的嘴巴「咕」聲吞下了火箭。

奇怪的是，雖然陽天被巨獸壓制著，但牠似乎並沒有加害之意。陽天心疑，牠不是漢城吃人猛獸？猛獸接通了陽天的腦波，傳來一句訊息：「老子可是神獸！」

神獸，非常高傲的自稱。

陽天也不開口，直接用感應回答：「我和你都在尋找同樣的敵人。」

神獸提起那隻壓著陽天的左前爪，頭上的月牙角在微微震動，通知陽天：「有一股力量在召喚吃人的兇獸，老子就是偵測到這波動而來。獬，可不會受任何人召喚！」

冷巷，長髮少女倒在地上的污水窪中，男人們看著她動也不動，一時間不知如何繼續下去。猶豫間，他們發現她伏下的前方，竟然有一桶電油。酒精刺激膽量，大疊鈔票也刺激男人們的放任。

他們消費的目的是尋求刺激，或許曾做過很多罪業，但他們習慣把它們當作夢境，過幾天便忘記得一乾二淨。永遠不再提起，是他們的協定。

看見地上的少女全身著火，男人們感到無比亢奮的同時，皆勾起似曾相識的夢境，一星期前的晚上，那少女同樣是長髮的，同樣沒有掙扎。

不同的是，面前的污水窪彷彿變成無底深潭，把少女整個人吞沒其中，隨即傳出如雷的響聲，不一會從污水中飛躍出來的，是形狀像牛，紅身馬足，前肢擁有一雙虎爪的巨獸。

儘管男人們從未有過這樣奇幻的夢魘，但本能告訴他們，牠就是漢城吃人猛獸！

另一邊，獬告訴了陽天這次事件的因由。被召喚出來的，是長期因為地球水質污染而變異的猰貐亞種，牠會變成召喚者的模樣，完成召喚者的契約，取得交換條件，就解除協定。從此，所有線索都會消失。

所以要消滅的不止牠，還有那位召喚者，就藏在這一哩方圓內。

猰貐亞種的撲殺速度比老虎更快，男人們轉瞬間就被一口吞掉，不留痕跡。

完成懲罰任務之後，猰貐亞種就要前往召喚者面前，取得這次契約的條件——那人手上的黑色隕石物質。

有了它，猰貐亞種就可以修正體內受到污染的基因，讓下一代逐步回歸原種。

然而，牠討厭這後街的骯髒、昏亂和狹窄，於是跨步躍上四層高的天台，穿越娛樂場所的霓虹燈牌，五光十色地映照牠齒縫間流出的人血，滴在所經的路上。

當牠驚覺自己犯了最低級的錯誤時，從霓虹燈牌之間已撲出一頭猛獸，大力噬咬牠的頸項，鮮血飛濺，這次卻是牠的血！

兩獸連翻帶滾，撞破天台的霓虹燈牌，迸發火花四濺。

猰貐亞種不許來歷不明的異獸阻礙牠與召喚者會面，揮出一雙前爪，抓住獬的頭顱，但趾爪卻插不進獬的厚甲。

獬嗅到猰貐亞種的牙齒間殘留著人血的味道，那是牠最為厭惡的、充滿罪惡的腥臭。

猰貐亞種也察覺到這微妙的遲疑，便馬上抽動喉頭，向獬迎頭吐出大量血漿。

獬冷不防受到血腥突襲，連忙抽身退走，猛力搖頭，欲甩開沾在尖角上的髒物。

猰貐亞種正要趁機逃走，耳邊突然聽見劃破空氣的聲音，啪的一聲，一支五色浮動的氣箭正中頸部剛才被獬咬破的傷口。

衝擊令牠飛撞向旁邊樓宇天台的大型霓虹燈牌，又是火花四濺，燈牌立即熄滅。

此時，猰貐亞種才發現三十呎外的天台邊緣，有一個人類持弓傲立。

祖先的基因告訴牠，拿弓箭的人類非殺不可。

可是，猰貐亞種正陷入兩難。敵人就在眼前，而召喚者就在這幢大樓的地面。由於天台突然發生燈牌爆炸，引致大樓下的遊人四處亂竄。當中有一位長髮少女退縮一角，仰望天台上那頭吃人的兇獸。

她習慣沉默，即使受盡男人蹂躪，但為了獲得鈔票過活，從不吭半聲。只是自從那天早上，她得到了右手食指上的珍貴寶物之後，便明白到叢林法則的終極道理。於是，她召喚兇獸展開報復。

現在，她見目的已達，便用左手輕輕遮掩纖幼的右手，轉身順著人流離開。猰貐亞種感到召喚者忽然遠離，便不顧傷勢撲向地上，追蹤那個不守信義的人類，要她非死不可！

獬頭頂的月牙角發出震動，務求震落沾在角上的髒物。可惜徒勞無功，牠只得一直提升力量，震動更為劇烈。

卻在此時，陽天突然騎到獬的背上，用衣袖抹過牠的月牙角，把血污擦掉。

獬極為不滿，怒喝陽天：「快下來！」

陽天反而捉得更緊，不由分說地宣佈：「由現在開始，我是你的拍檔！」

這時，猰貐亞種的銳目，鎖定了恐慌逃走的人群中那一點幽暗光芒，立即拔足飛躍，欲越過人群，猛噬那位違約的召喚者。

可是，在牠凌空飛躍之際，驚見剛才的人類騎著那頭月牙角神獸攔在身前。

4F
DVD

獬的月牙角發出波動，令人類手上的五色箭氣更為亮麗奪目。耀目虹光乍現，長髮少女禁不住回頭望去，只見虹光收斂，猰貐亞種整個身體已被震成碎片。

少女感動得流淚，隨即急步離開，並緊緊按著右手食指上那枚黑隕石戒指。擁有它，她就可以擺脫原來的角色，逐步往上爬，最後登上這地方叢林的權力頂峰。

一小時後，一人一獸離開了那個繁榮地段，來到漢江邊的公園。夜深無人，從這裡可以看見一座在上月下旬坍塌的鋼鐵大橋。

那天早上發生的塌橋意外，導致了三十二人死亡，十七人受重傷。

獬用爪子抓地，不憤地說：「那召喚者很奸狡。」

陽天見這隻自稱神獸雖然語氣高傲，內心倒有正義感，就說：「黑隕石的魔力，你可能也難以抗拒。」

獬知道黑隕石是甚麼，那是從古至今禍害地球的邪惡之一。

獬望著鋼鐵大橋，說：「在大橋倒塌之前，有你說的黑隕石力量一閃即逝。」言下之意，牠懷疑這宗意外與今夜的召喚者有關。

陽天覺得獬是同路人，便將二零二三年災星回歸、地球滅亡的預言告訴牠。

可是，獬不太感興趣，那是三十年後的事情。牠的當務之急，是找出那個能使用黑隕石力量的人類，阻止那人製造更大的危機。

「似乎我和你做不成拍檔。」陽天見話不投機，便帶著背囊中的猰貐趾爪離開，轉身時又補充了一句：「你下次可以變得可愛一點嗎？」說罷，就頭也不回地走遠。

獬來不及回應，心裡倒是想著，下次是不是要找一個輕一點的拍檔才對。

只不過，獬還是有些感激這位短暫的拍檔，即使他已離開百多呎，還是遙遠給他提了一個忠告。

神射手的厲害，不在於神弓和銳箭。

【森林的貪暴者】

世界上最古老的原始熱帶雨林，位於馬來西亞半島。根據當地的土質和物種分佈，估計這森林在一億三千萬年前的白堊紀時期已經形成。

接近山峰的一帶，是神祕和迷人的探險地帶。

一九九六年五月，連續五天下雨，住在山下小鎮的陽天覺得自己快要發霉了。

終於在第六天，難得的放晴，陽天在市集等待一位從吉隆坡來的嚮導。

他是見道推薦的，見道非常支持陽天出外修行，既然來到馬來西亞，便介紹了一位值得信賴的人選。

沒有人比他更熟悉那個森林，這是見道對撒加的評語。

此人年近五十，是原居民的後代，歷史超過二千年的三大部落中碩果僅存的山族人。撒加，就是他的山族族名。

大約下午二時，撒加駕著當地出租的吉普車來接陽天。

陽天對撒加的第一印象，是一雙精悍的眼睛。

二人沒有太多寒暄，吉普車便高速駛向那可能仍存在著白堊紀生物的原始森林。

車子顛簸地進入深山，陽天本想閉眼小休片刻，怎料撒加接連提問：「你的狩獵目標？還有武器？」

陽天望向駕駛席，發現撒加的眼神已變成猛虎般銳利。於是，他不作隱瞞地答：「封豨，弓箭。」

撒加聽後點一點頭，從容地說：「喔，是森林的貪暴者，百多年前我族先輩曾與牠戰鬥過，可惜兩敗俱傷。」

陽天不禁「喔」了一聲，撒加繼續說：「沒甚麼，那不過是一頭貨櫃車般的大野豬而已。但你的弓箭呢？」

經撒加這一問，陽天自豪地攤開雙手，以示自己可以運五行箭氣。

可是，撒加會錯了意，嘴角揚起，說：「不打緊，這裡到處都是弓箭。」

一路上，撒加不斷介紹沿途所見的樹木和石材，以及飛過林間的雀鳥。倦意慢慢消去的陽天，開始明白撒加的意思。

當天黃昏，吉普車來到山腰，再駛不進之後的山路，於是二人徒步進入雨林深處。得撒加引領，陽天安心前行。二人不用照明工具，走過林間，越過河澗。

「大野豬，最喜歡乘大暴雨來臨，在大河翻身，導致洪水暴發，動物們流離失所，也危害了人類的生存和居住。」

陽天看過連續七天的天氣預告，明天將會下大雨。

深夜，撒加選擇了一棵高約六層樓的萬年古樹下為據點，用石頭和乾木堆出篝火，好好休息一夜。

日出時，趁暴雨未起，撒加著陽天趕快準備早餐，之後有重要事情要辦。

陽天把竹枝削尖，在河邊打魚時，發現河水開始變急，不由得望向山頂，只見有厚雲結聚，風雨欲來。

回到據點，陽天直接用篝火烤魚。

「那是吃樹果的魚，很罕有的。牠能游到這裡，就是代表河水變急了，對吧？」

撒加收集了一些到處可見的樹幹、尖石、竹枝等物資回來。

不久，陽天一邊咬著烤魚，一邊看撒加用短刀把五呎長的樹幹破開成兩半，然後用野草織成長繩，綁在樹幹的頭尾兩端，便成為一柄原始木弓。

他又將切除枝葉的竹管破成呎長的箭身，後端用樹汁黏上鳥羽，再把前端削尖，塗上樹汁毒液。

前後花了一個多小時，撒加便做好了一把弓和十二支箭，另附一個半呎長的竹箭筒。

「在人類文明發展的歷史中，弓箭的發明是一件不得了的大事件。」撒加整理好弓箭，對陽天說。

陽天明白，早在舊石器時代後期，人類對於野獸的威權，是始於弓箭的發明，它使人類狩獵的能力得到了極大增強，保障了先民的衣食供應。

陽天帶著景仰的心情觸摸這些粗糙的弓箭，從而感受撒加的祖先們與自然環境抗爭的血汗與毅力。

撒加見到陽天的反應，自滿地大笑，說：「既然這樣，還差最後的裝備。」

他咬破了自己的手指頭，唸著快要失傳的山族古語，用鮮血往陽天的額頭、眼下和雙頰畫上一些虎紋，那是山族信奉的神明所擁有的特徵。

「此刻，你就是山族的戰士，」撒加用右手輕拍陽天的頭頂表達祝福，說：「還記得嗎？封豨，只不過是一頭……」

撒加給予的信心，讓陽天不禁笑了。

兩小時後，山頂開始下起大暴雨。大量雨水順河的上流直衝而下，導致洪水氾濫。在急流裡，有一頭巨物張口吞沒所有水中的生命，翻身破壞河床，拍打河邊的沙石，順著洪水湧向下游，赫然是封豨。

即將來到瀑布前的懸崖，牠期待直墜瀑布的快感，然後前往下游，那裡食物豐饒，大量動物和飛鳥張口便有。

可是，卻見一個人類站在懸崖前的大石上。

哪裡來的人類？這百年來，土著不是給牠吃掉，就是給牠趕走。但是，這人臉上有著那些土著信奉的神明的標記，手上還拿著弓和箭。

封豨憤然從急流中站起來，對著不知從何而來的戰士憤怒大吼。

陽天終於看清楚這頭「像貨櫃車般的大野豬」，比起漢城吃人怪物還要大上幾倍，儘管牠如此危險，陽天仍然鎮定地從繫在腰間的竹筒抽出一支沾了毒汁的竹箭，拉動草繩織成的弓弦，迅速發出第一箭。

獬曾說過，神射手的厲害，不在於神弓和銳箭，撒加剛才唸的山族古語，意外解開陽天的疑問。

「虎神保佑戰士箭無虛發，才可以使山族人繁衍至永遠。」

從古至今，弓射三大原則為「飛、貫、中」，即是箭矢要飛得遠，貫穿目標命中。

陽天發了第一箭，不中。

第二箭，不中。

第三箭，亦不中……

直到第十箭，仍射不中牠的弱點。

竹筒裡的箭只餘下兩支。

然而陽天很冷靜，他明白封豨的弱點不是軀體的任何一處，而在於牠的貪念。

因此，他特意在箭尖沾上自己的血液，希望勾起牠藏在基因裡的古祖記憶，認清楚自己就是那神射手羿。

終於，第十一箭讓封豨嗅到了羿的血味，變得興奮若狂。

牠拍動前足激起水花，挾著急勁澎湃的洪水，直衝陽天。

陽天的必中之道，就是引誘獵物自投其箭。

陽天連發十一箭，學會如何貫注五行箭氣於原始竹箭內，挾著五色虹光，射出最後一箭。

洪水捲起河底大量沙土，把陽天和封豨雙雙沖出懸崖。在瀑布下支援的撒加，看著封豨於半空中張口吞掉陽天，然後從一百呎高的瀑布頂重重墜下，激起沖天的水花。

撒加不理全身濕透，急忙趕上前，驚見封豨從水中拔起，流露出貪婪和憤怒的目光。

撒加雙臂猛力一振，如猛虎般引吭怒吼，握拳響出霹靂之聲，飛身衝向正張口欲噬的封豨。

突然，封豨從喉頭吐出「咕嚕」一聲，然後整個身子打震，跌步翻身，砰隆倒在撒加跟前。

撒加連忙撐大封豨的巨口，只見滿身沙泥的陽天從中鑽了出來。

原來陽天的最後一箭射中封豨的小舌，五行箭勁加劇竹箭的毒性，急速滲透體內，引致封豨當場暴斃。

戰後，封豨的巨大屍體橫臥在瀑布前，陽天問撒加借來短刀，割下牠臉頰一塊呎方的外皮，用河水沖洗過後，看到皮膚上的菱形紋理。

「陽天，要通知搜神局來處理嗎？」果然，撒加絕對不是普通的嚮導。

「你和我一樣，也是異能人士？」陽天由初次見面時，便期待他表露真正身份。

撒加細想一會，反問：「嗯，有空來一趟三日兩夜的小旅行麼？」

陽天抵不過好奇心，便點頭答應。

經過一整天的車程，兩人來到了距離吉隆坡一百哩的山區。

撒加帶領陽天走過一座又一座高山，在黃昏前來到一個山洞。

山溪流過洞前，有一群大小老虎在喝水。撒加蹲下來，用手兜水餵小老虎喝，然後回頭對陽天說：「牠們都是我的老友。來，跟牠們交個朋友吧。」

陽天知道牠們是瀕臨絕種的馬來亞虎，當然沒有拒絕的理由。

但，他卻在期待洞內有甚麼驚喜。

撒加在洞口點燃起兩把火摺，其中一把交給陽天，領他進入一個不為人知的境地。

陽天走在筆直的通道上，漸漸習慣洞內光線不足的昏暗，不久便來到一個壯觀的鐘乳石室，內有石床、石椅、儲物室等生活設施，彷彿是供人暫居的祕密據點。

最叫陽天驚訝的，就是架在石椅後的一套人形衣裝。那是一個虎頭造型的頭盔，以及一件佈滿血跡和爪痕的戰鬥服。

「你是⋯虎將？」陽天不禁脫口而出。

根據搜神局的異人名錄，虎將是這地方的森林守護神，來自三大土著的山族。

撒加直認不諱，說：「可惜，我受傷退役了，再沒能力發揮這套戰衣⋯⋯」但他說時沒有感傷，反而眼神充滿期待，「就留給我的後人吧。」

撒加邀請陽天在這裡過夜，陽天當然奉陪，撒加便從儲物室拿出一醒老酒，以及大量醃漬物，好好招待陽天這位遠方來客。

火光掩映，撒加連敬陽天三大碗酒，祝賀他成功討伐封豨，然後盡地主之誼，道來關於山族虎將的古老傳說……

六百多年前的一天，這個洞外的天空忽然有百多道天火橫掠而過，燃燒著的小型黑隕石直墜高山、大地和大海。

當時，三大土著部落：山族、土族和海族，同時面對一場無可挽回的天劫。

在那一天，森林中有一頭老虎和一頭土狼，分別受到墜落的黑隕石所感染，基因產生異變。由於火燒山林，山族族長之子被困林中，幸好異變的老虎救了他，並送他回山族村落。

從此，山族奉異變虎為神明。

山族族長發現兒子後頸上有三道很淺的虎紋，以為它是神明留下的印記，其實那是受到老虎的異變基因所感染。

族長之子在成長期間，顯示出異於常人的力量和正義感，戰鬥時更有老虎般的威猛。為對抗外敵，族長之子一脈傳下的後代，凡擁有虎紋者，便要擔任「虎將」一職，保護山族和森林眾生。

可惜，並非每代都會出現有資格承襲虎將身份的人，撒加也是隔代遺傳的。他對膝下一對兒女雖然寄予厚望，不過現實總不如人意。

「現實是，隨著時世變化，原居民都搬到城市去，漸漸忘記自己與生俱來的使命，甚至回過頭來砍伐樹木。」

「我曾祖父小時候，曾跟隨一位中國來的醫師學醫，二人情如父子，剛巧醫師姓林，像與山族結緣，於是他便冠了醫師的姓氏。撒加是我的山族名字，見道那小子有沒有說過，我住在城內的醫館，叫『杏林館』？」

姓林的？醫館？陽天聞此不禁一愕。

「你家是不是有位林英小姐？」陽天相信自己是多此一問了。

林英與見道，虎將與搜神局，關係千絲萬縷。

最後，陽天還是忍不住問撒加，是誰能令你退役？

撒加沉重吐出那位宿敵的名字，讓陽天深深記著……

虎與狼千年爭鬥，一個異變的狼人——犬牙王！

【罪惡城的惡毒者】

一九九七年十二月，這是泰國曼谷全年最涼快的一個月。

下午三時過後，攝氏二十度的乾風吹著坐在篤篤車後座的陽天，穿過到處是佛寺和遊客的鬧市，前往在官方地圖上不敢顯示的地方。

差不多花了兩小時，司機才熟練地停車，告訴陽天到此為止。

陽天環顧四周皆是鄉野農田，心忖這不是目的地。

司機斬釘截鐵：「我不能再向前駛了，即使你付十倍車費也不行。」

陽天唯有揹起背包下車，再付他鈔票，說：「那麼請你後天再來接我。」

司機收下鈔票，似懂不懂地點頭。

染滿泥塵的篤篤車離開了，陽天繼續向太陽落下的方向前行，心想距離那地方至少有十哩吧。陽天的目的地名為「美麗新世界」，是一個不存在於官方地圖上，彷彿就連日光也不敢照耀的幽都。

自從陽天查到六大兇獸中最惡毒的修蛇，就是蟄居在美麗新世界的地下水道後，他便開始研究那到底是甚麼樣的地方。

原來那裡是地球上另一座「九龍城寨」，佔地大小差不多，不同的是白天靜如死城，到了晚上卻搖身一變，變成極樂之城。

有本事走進城的，便是住民。黃賭毒，是他們不可缺少的維生素。

修蛇在那裡是儼如城主一般的存在，然而真正的城主另有其人，就住在城中央的時間塔內。

現在，對於要不要繼續前行，陽天忽然有點猶豫，只因他正站在一條小村的村口，旁邊有一座小寺院。

小寺院門外立有一尊花面獠牙、手握法劍的守護神像，它的名字叫「夜叉」。傳說中，夜叉本是惡鬼，後得神明點化，成為以惡滅惡的寺廟護法。

因此，寺廟門前有夜叉像，本屬尋常，但吸引陽天改變方向來到它跟前的，是它發出的不尋常力量反應，像是引誘他前來。

陽天伸出右手觸摸夜叉像，手裡早已運起五行氣勁，嘗試分析夜叉像的能量反應，也準備好隨時作出反擊。

怎料陽天的手剛碰到神像，一股衝擊就從它身上傳來，竟然與五行氣勁產生共鳴，更甚者鑽進了他的掌心，並沿著經脈，直衝大腦。

人類的大腦不像電腦般可以裝上防火牆，一旦遇上比人類腦波更強的頻率，便會輕易遭到入侵。

突然，一個十呎昂藏、形貌比惡鬼更為可怕的夜叉，浮現在陽天眼前說：「你要來殺修蛇，可惜你只會成為那地方的一份子，永遠不願走出來。」

陽天並不感到害怕，他知道那不是真象，對警告更是笑而不語。

夜叉問：「要不要我用你的黑隕石異變體質，成全你的願望？」

陽天聽到對方提起自己的體質，倒是樂意與他糾纏下去，便問，如何利用？

「現在，一拳打死你，就可以霸佔了。」夜叉乾脆回答。

聽此，陽天正要運五行箭氣反抗，但他身形突然一退，便回到現實世界。

他眼前的夜叉像依然是夜叉像，只是剛才原來不是他主動退後，而是一隻強而有力的手從後把他拉回來。

陽天回頭，赫然見到一位長髮掩面的少年僧人，約十三、四歲，雙手紮有布條，是由破爛的雜布縫駁起來的，上面帶有點點血跡。

「先生，要是你反抗，便中了這傢伙的圈套。」少年僧人是如此坦率地說：「但是，你若要殺修蛇，我就有責任阻止你前去。」

少年僧人倏然橫揮出右拳，擊向陽天左邊臉頰。

陽天念對方年紀小，便手下留情，撥出左手掩護，卸開少年的攻擊，再弓膝上步，護手化為推掌，掌勁直湧少年的臉面，在鼻尖前一吋剎停。誰料掌風吹開他本來掩面的長髮，現出濃眉下一雙灰濛濛的眼睛。

喔，他看不見！陽天一愣，下意識便想把左掌抽回。

少年卻沒有放過此空隙，左腳踏上陽天的弓膝，身子一扭，右膝已隨勢直撞陽天左邊太陽穴，令他像脫線風箏般直飛出去。

砰！陽天倒在夜叉像跟前，彷彿聽到它在恥笑。

陽天霍然站起，這次不敢輕敵，雙手祭起火焰弓和破金箭，誓要扳回一城。

然而，少年沒有繼續追擊陽天，只留在原地向他合十見禮。

「噢，是五行。」少年感到陽天身上氣場驟變，不禁攤開兩手，問：「若你失去了這依賴，你還剩下甚麼？」

陽天聞言心忖，除了五行，他還有太極、同伴……還有很多。

可是，他越想越覺得那些都是身外之物，並不專屬於自己。

這一問，難免讓陽天在思考裡找不到出路，不知不覺中收回了弓箭。

少年將兩手遞到陽天面前，說：「由沙曼出世至今，我的手足從來沒有離棄過我。」

陽天抓緊沙曼的語意，走出了剛才的迷思。

沙曼指著夜叉像，說：「祂的拳法，我教你。」

「剛才，你的古泰拳……」陽天說時，左邊太陽穴仍隱隱作痛。

「不，那是梵天神的戰鬥動作。」沙曼對陽天解說，夜叉是「天龍八部眾」之一，與龍族一樣，夜叉也是一個族群。夜叉族拳法，就是梵天神的戰鬥動作。

之後，陽天跟隨沙曼進入小寺院，穿過了三百多平方呎的佛堂，便是小寺院的後部，臥室、廚房和浴室都在那裡。

二人來到盥洗台，沙曼解開了紮拳帶，說：「我打拳，是為了生存。」拳帶上的斑斑血跡，紀錄了他打少年拳賽的戰績。

少年拳賽是大人之間的賭博遊戲，參與對打的人由八歲至十五歲，分齡上場。兩個少年人打得血肉橫飛，直至其中一方倒地不起為止，勝的一方可以贏取可觀的出場費，敗者則一無所有，除非被當場打死，才可獲得勝方兩倍的獎金。

沙曼十歲學會了夜叉族拳法，但他不願傷害對手，最初幾場都是一拳擊暈對手取勝，只是大人們不滿沙曼的「表演」太沒趣，興奮還未到高潮便結束了。

於是，沙曼漸漸學懂了迎合氣氛，先故意被對手打兩拳，然後才用帶點舞蹈動作的招式擊倒對手。又或者，為了添加戲劇性變化，偶然會故意輸掉一場。

沙曼如明眼人般俐落地扭開水龍頭，緩慢的水流沖洗著兩手，不一會，他抬手到鼻子前聞聞氣味，安心地說：「水，沒有異味，手也沒有。太好了。」

陽天問沙曼此舉的用意，他心平氣和地答：「明早這裡有很多人會來聽我講佛經，還要做早飯給小孩們吃，所以我要洗乾淨這雙手。何況，手乾淨了，才可以敬佛。陽先生，你也再來吧。」

你也再來吧，這是一種邀約。陽天順從沙曼的帶領，便把雙手伸向水流，然後也抬手到鼻子前聞水的氣味。

晚上，遠方射起多道光柱，照亮那裡的天空。

那裡就是美麗新世界。修蛇的毒性沿著城底四通八達的地下水道，流到附近的河道，毒害小寺院旁邊的村落和村民。

沙曼站在小寺院正門的階梯上，捧著一碗粗米飯，遞向坐在旁邊的陽天說：「我暫時沒能力除去修蛇，只能阻止良心未被污染的人前去，這是我的責任。」

米飯雖粗，但這是農夫辛苦種出來的甘味，陽天吃得感恩。只是聽到沙曼的話，便問有沒有人一去不回？

沙曼沒有回答，只是嘆一口氣。

翌日早上七時，村中的男女老幼都來到小寺院，百多人擠滿佛堂聽沙曼唸經。

之後，大人出外工作，留下十二位男孩女孩給沙曼照顧，每天如是。因此，沙曼只會選擇在休假日，才參加十哩外的少年拳賽。

今天，小孩們吃過午飯，並沒有午睡，而是坐在寺院門前的階梯，看著沙曼教這位從外地來的大哥哥打拳。

陽天綁上拳帶，在學拳前，要先禮拜夜叉像和自然界萬物。這是認同自己是自然世界的一份子，學會坦然放下自己。

沙曼沒有手把手教陽天，只是在對打中讓他自己學習。

「拳、腳、肘、膝，就是你的武器。」沙曼大開大闔地揮拳、掃腳、回肘和膝撞，一邊打一邊說：「你眼見所及的地方都可以攻擊，包括關節、頸椎和脊骨等要害。就算是頭撞、口咬、插眼等，任何能夠殺敵的技術都可以用。」

陽天聽此若有所想，動作一滯，冷不防沙曼整個人飛撲上來，把他壓制在地上，更向他臉上吐出一口唾液。

陽天受到沙曼的突擊，完全回不過神來，小朋友們見狀皆哈哈大笑。

「夜叉說過，神明對打都是如此，你還猶豫甚麼？……除非你想我替你撿屍。」沙曼字字鏗鏘，打入陽天心中。

當陽天望著夜叉像時，彷彿又聽到祂在恥笑。

過了一天，司機沒有如約定回來迎接，陽天可以安心繼續學習拳法。

這天，陽天衝步貼近沙曼，既防止他再次使出鐵鞭般的掃腿，還短距離打出勾拳，目標是他的下顎，這一拳全力以赴，絕不小覷這位少年。

怎料沙曼突然跳起，用雙腿箝著陽天的腰間，同時右手攬他的頭部入懷，左肘大力往他的頂門連環撞了三下。

結果，陽天即時暈倒地上，甚至來不及聽到夜叉更大的恥笑聲。

可能是陽天學不好，只得嘗試與夜叉像溝通，結果對方故意不接收他的訊息。

再過兩天，陽天問沙曼：要學到甚麼的程度，才可以殺死修蛇？

「一招打死一頭大象，一口吞下一頭大象。」說罷，沙曼為免陽天誤會，連忙補充：「我喜歡大象，絕不會做出這麼殘忍的事。」

陽天疑問：「你看過大象嗎？」

沙曼微笑：「八歲前，我每時每刻都見著這個美麗的世界。」

陽天自覺失言，連忙道歉，沙曼祥和地合十說：「不會，現在的我可以看得更多，看得不一樣。」

聽此，陽天又被沙曼引領到另一個境界。於是，他用布帶蒙住眼睛，只靠其他感官感受身外的五行變化，學習「看得更多，看得不一樣」。

陽天閒時站在小寺院門外，蒙住眼睛，感應每天有不同氣場的人前往美麗新世界。可是，去的多，回來的少。

此外，他也每天留意水的氣味。過了一星期，水味終於有極微的變化。

這天沙曼去了十哩外參加少年拳賽，臨行前對夜叉像說，今天他會輸。相反，陽天卻自信已有足夠實力，可以挑戰十哩外的美麗新世界，便邁步走出小寺院。

就在這時，夜叉給他腦裡傳送訊息：「陽天，先跟我打一場！」

他毫不客氣地截斷感應，言多無益，決定用實力證明今天將會贏。

晚上七時多，陽天獨個兒走進燈光璀璨的美麗新世界。那是一個圓形佈局的城市，中央核心是一座二百呎高的時間塔，是新世界最高領袖的城堡。

時間塔向外一層是各大勢力的幫會總部，時鐘十二個數字的方向，盤踞十二個黑幫。最外圍是燈紅酒綠，酒吧、賭場、夜總會、妓院林立。邪男怨女，惡黨橫行，瀰漫一片墮落。

美麗新世界的生存法則，是任何人只要有實力，都可以從外圍邁向核心，成為時間塔的一員，獲得榮耀、財富及絕對權力。

與這個地方格格不入的陽天來訪，惹來不少住民的奇異目光，正欲打聽這人的來歷之時，他卻已轉入地下水道，失去影蹤。

透過頭頂水渠蓋的空隙，充滿罪惡感的五光十色射進地下水道，讓陽天幸運地見到修蛇早在守候。

一個如篤篤車般大的暗褐色三角蛇頭，通體漆黑，每塊鱗片都黑得發亮。

從陽天入城開始，修蛇便收到一個祖先基因傳承而來的危險警號——神射手羿來了！因為祖先曾被羿射殺，此後每一代修蛇星異形都努力進化。這一代的修蛇將近一百五十歲，經過三次脫皮，身軀粗如貨櫃車輪胎，長達一百八十呎，並加強了唾液的毒性和胃液的酸度，以往祖先們一口生吞一頭大象，要消化一個月才把骨架吐出來，現在，牠用殘暴的意志推動消化系統，人類化骨只需三小時，大象則需三天。

憑著這份必勝的自信，修蛇不躲不避，完全暴露在陽天的面前。

陽天左右兩拳儲足五行氣勁，舉在兩邊太陽穴的位置保護頭部，再三告誡自己不可輕易放下。

吃人的猰貐亞種、貪婪的封豨也先後被他獵殺了，殘暴的修蛇將會是第三隻死在自己手上的兇獸。

修蛇睜開赤紅兇目，不斷伸出紫藍色舌頭快速振動，利用舌頭前端的分叉偵測來人的能量變化。一秒後，修蛇探測到神射手飛身躍起，揮右拳迎面轟來，便捲動蛇身，以身上厚重鱗片抵擋。

砰！陽天貫滿五行合一箭氣的拳頭，像打中了一道銅牆鐵壁，他心有不服，便轉腰掃動左腳，化成鐵棒一般，重擊那些堅硬無比的蛇鱗。

一腳掃不破，腳剛回，腰再旋動，更重的一腳再次掃出，可是修蛇挪動身子，就朝陽天頭頂噬過來。

陽天借蛇身踏步一躍，右臂貫滿金屬性箭氣，猛力回肘，向修蛇尖銳的勾形毒牙連環撞上三下，發出鏗鏘之聲。

修蛇感到痛楚直刺腦袋，大怒之下挺動身軀，頭部直撞半空中的陽天，把他撞到水道的牆壁上，任陽天手腳並用，連番反擊修蛇頭部，也在牆上被拖行數十呎。

蛇身所過之處，激起有毒水花，水花濺到陽天身上多處傷口，猛生劇痛。

於是，陽天忍痛閉目，感應眼前強敵的氣息變化，因憤怒時最容易產生破綻，只要在近距離命中破綻，便有一擊必殺的機會。

來到水道的分岔口，痛楚正噬食陽天的力量，他不能再等，只好張目，兩手亂發五行氣箭，務求盡快擺脫修蛇糾纏。

四箭命中，六箭落空，砰隆響聲回蕩於地下水道，就連地面上的住民也嘖嘖稱奇。陽天終因其中一箭擦過修蛇的左目而得以乘隙脫逃，與修蛇各自退到水道的分岔口兩旁。

修蛇見陽天臉色蒼白，雙手開始微震，五色氣勁也難再聚合，知道蛇毒已從他身上的傷口滲入，開始蠶食他的力量和鬥志。

但是這時，修蛇一隻尖銳的勾形毒牙突然碎裂斷開，這才令牠回想起剛才打中自己的三記肘撞，不禁怒火猛起，頭頂的黑色鱗片變成激烈的赤紅。

陽天為免蛇毒侵心，不敢亂動，雙拳依然守護著頭部。

回想初遇沙曼時，他說：「若你失去了這依賴，你還剩下甚麼？」

是梵天神無堅不摧的戰鬥動作？不，即使陽天苦練多天，也不及沙曼的剛肘鐵膝。陽天真正擁有的，是勇敢無畏的進攻精神，還有他的手足！它們都是自他出世以來，便陪伴他奮戰到今天！

而且，在之前的交鋒中，他掌握了對手的一個破綻。

修蛇的赤目雖然兇悍，但對環境的分析能力不及那分叉的舌尖，加上修蛇現在多了一個剛才沒有的弱點，可能是他逆轉勝利的最後機會，陽天咬緊牙關，飛身躍向修蛇的巨頭。

陽天口裡含著一口鮮血，噗聲噴向修蛇的眼睛，擾亂牠的視線，然後連環打出左右快拳，左拳接右拳打中牠頭頂的同一位置，正是那一組用來保護蛇腦的紅色鱗片。

短短三秒，陽天打出二十拳，拳帶破掉，鮮血飛濺，還傳來指骨碎裂的痛楚。他不顧指骨碎了多少，只在意有多少塊鱗片飛脫出來。

鱗片大量剝落，修蛇的弱點不再受到保護，就算陽天雙手此時廢了，還有雙腳！

他左腳踏在蛇頭上借力躍起，半空中提起右膝，轉身時把身上所有力氣聚於膝蓋，然後借身體急墜之勢，重重擊中修蛇頭上的創處。

陽天不斷告訴自己，這一招不是膝撞，而是從天而降的黑隕石，哪怕地球表面外殼何等堅硬，也要使之土崩地裂，撞出一個巨大的隕石坑！

砰啪！受到陽天的膝撞，修蛇頭部立時肉破骨裂，並波及蛇腦的神經，加劇疼痛，蛇身不受控制地在地下水道裡不斷翻動，亂濺毒水，順勢竄逃。

儘管陽天的膝蓋骨沒有碎開，但強烈的痛楚已足夠教他以為自己斷腿了！

甫見修蛇逃走，他只得不理傷勢跟上去，從沿途頭頂上方的渠蓋隙所見的景象，一人一蛇越來越接近美麗新世界的中心地帶——時間塔。

不一會，時間塔底的地面突然被衝破，修蛇挾著沙塵和劇毒的水花衝出地面。幸好有資格進入這核心重地的人不多，否則必定釀成大災禍。

接著，修蛇的蛇身一屈一伸，飛躍而上，緊緊纏著高聳的時間塔，怒視那個剛回到地面的羿。

陽天見蛇鱗散落滿地，便拾起其中一塊，高舉起來向牠示威，藉此強充聲勢，掩飾被蛇毒侵蝕的虛弱狀態。

在這場人蛇對決中，雙方都知道對手已如自己一樣衰弱，勝負之差在於誰先倒下，但誰也騙不了誰……

此時，城內每一雙眼睛都投向時間塔上的修蛇，牠昂首向天吐信，竭盡最後一口氣，警告住民們不可留陽天於世。留過遺願，牠便氣絕身亡，纏著時間塔的蛇身鬆開，重重掉回地面。

能收到修蛇感應的人，絕非等閒之輩，慢慢朝時間塔包圍過來，當中包括一個及時趕到的少年僧人。

沙曼搶先來到勝利者身旁，意識模糊的陽天手裡仍緊握著蛇鱗，對他說：「水……很快會⋯淨⋯⋯」說罷，他終於可以安心昏倒。

沙曼只是點頭，不作回話，盡量讓他休息。之後，他右手抄起這位殺蛇英雄上背，無視一切地離開。

誰敢阻他步伐，沙曼還有一隻左手和雙腳閒著。

三天後，陽天拖著虛弱的身子來到小寺院門外，嘗試眺望美麗新世界。他仍然不相信自己真的獵殺了修蛇。

可是，隱身於夜叉像中的那位神明趁著陽天傷勢未癒，再次入侵他的大腦，單方面逼他接收訊息。

「修蛇屍身一天又一天的腐爛，再過三天，牠的蛇骨便會與當地的高塔融合一體。」

夜叉將自己的觀察所得如實相告，陽天佩服地向夜叉像豎起右手拇指。

「如果你想追求更高的境界，可以與我合而為一。」

陽天卻搖手，示意這句話不中聽，並開口表明自己的心聲，說：「沙曼告訴我，祢在等待形神復原的一刻，我希望祢那時候能加入對抗災星的行列。」

一百年前，夜叉受到諸神和族人的追殺，好不容易帶著殘軀離開了高維度空間，流落地球躲避殺身之禍。

為免被仇敵找到，夜叉放棄了軀殼，留下精神意念體寄生於人間低賤的夜叉像中，直至祂看見沙曼在八歲時遇上大劫難，便主動接觸這少年的意識，教導他梵天神的戰鬥動作，目的只有一個——

夜叉重臨，極惡滅惡，普渡眾生！

夜叉回應：「母體這次再臨地球，代表著這星體已失去存在的價值，在上方那群渾蛋會離開，不會憐恤這星體任何一條生命。」

原來，結局早已安排了，這令陽天感到無奈，但他仍對著夜叉握拳發誓：「人定勝天！」「陽天，我會為你好好準備。等著瞧吧！」

有夜叉的保證，陽天對拯救世界信心大增。剛巧沙曼從外面回來，不禁一笑，只因他也期待那一天來臨。

翌日中午，沙曼和一群孩子在村口歡送陽天，遠處傳來了篤篤車的響號。

陽天問司機為何這麼遲來，司機敷衍說：「我知你會樂而忘返呀。」

他懶得跟司機糾纏，便上車坐好。

陽天從倒後鏡中望著他們逐漸變小，心想夜叉為他作好的準備，當然是指沙曼。

一想到沙曼日後會變得何等強大，陽天不禁回頭探出車窗，大力對他揮手，直至再看不到他為止。

【高峰的兇悍者】

一九九八年入秋的第三天，日本富士山氣溫驟降，早上的一場雨滋潤了初紅的楓葉，及凝聚不散的雲霧。

海拔二千三百零五公尺的吉田口五合目，是進入富士山登山的其中一個山口。這裡位處富士山半山腰，是很熱門的一個站點，有神社、郵局、食肆、遊客中心等設施。

當遊客們忙著在遊客中心購買紀念品和伴手禮，陽天冒著細雨走山路上來，恰巧，雨就在這時候停止了。

只穿著單薄風衣的陽天，終於感到雨水帶來的低溫，大約攝氏三度。

他回望來路，只見四下雲海繚繞，蔚為壯觀，抬首仰望給雲霧半遮半掩的山頂，覆蓋了一層白雪，為平頂的富士山冠上雪妝。

忽然，山上傳來一陣沙石崩塌聲，眾人抬頭，看見在山頂的雲霧中似有一股異動。

導遊立即叫遊客們回到旅遊巴士，登山辦事處的工作人員也跑出來，發出禁止登山的紅色危險警告，同時協助登山客撤離。

陽天趁混亂穿過從山上下來的人群，毅然踏上登山路徑。他堅信，巨鳥「大風」就在那地方，不可再讓牠逃走！

回想今天早上，濃霧包圍富士山的四合目。

智子牧場有一座單棟木屋，屋頂破了一個大洞。

一陣狂風突然吹破屋頂，被牧場主人收留暫住的陽天，從破洞看見一雙似孔雀翎的巨翼，然後是一張長著人類女性五官的兇臉，展現令人不寒而慄的微笑。

她雙翼不斷拍動，颳起了颶風，大樹被連根拔起，整座木屋也搖晃欲塌。

陽天徹夜佈下誘餌，就是要引誘大風前來，給她必殺的一擊。

嚓！陽天射出一道五行合一的氣箭，貫穿了大風的喉嚨！

她忍痛奮力振翅，乘風飛往富士山更高的地方。

要追上去，但陽天不會飛。

智子牧場的主人智子是位五十歲的女性，滿頭灰髮，皮膚有點粗糙，卻有一雙黑珍珠般

富士山海拔三千七百七十六公尺，分成十個階段，以「合目」來表示。「一合目」以村山淺間神社的鳥居為起點，中間地點為「五合目」，山頂則稱為「十合目」。在富士信仰中，五合目是人界，自六合目以上是天界，因此這裡亦是「天」與「地」的分界線。

的明眸，以及昭和年代男人的豪爽。

昨天晚上九時，智子甫見陽天孤身敲門要求借宿，問明他要登富士山頂，便答應了。她似認真又似說笑地對陽天說：「只要不是去樹海就行了。來吧，小木屋一間，不要怕我待慢。」

在主屋的三十公尺外有一座單棟木屋，陽天聽女主人說這裡是雜物房，只擺放了兒子從小至大的物品。

五年前，智子的兒子大學畢業之後，便到東京都落腳，去年成家立室。女主人希望有一天能收到兒子的來電，告訴她快要做祖母。

她問陽天結了婚沒，他坦言自己還是一個人。

進到木屋，陽天見屋內雖然塞滿雜物，卻排得井然有序，玩具、衣物和生活用品都分門別類，清清楚楚。

靠窗的一邊放了一張木床，月光剛巧照到床上，陽天不期然想起點石齋的小閣樓，登時湧起一陣親切感。

女主人安頓好這位客人之後，臨走前特地鎖緊窗戶，說：「近幾天，深夜便會颳起大風。風很冷，你要小心啊。」

智子離開了，陽天確定巨鳥大風就在附近，便開始準備誘餌，拿出猰貐爪、封豨皮和修蛇鱗，把五行氣勁貫注入內，引發兇獸之間的共鳴，以讓大風發現他的存在。

陽天躺在床上不夠十分鐘，便有一股能量對誘餌作出了回應，然而那不是從屋外，而是在屋內。

咔、嗒、咔、嗒，一陣木器碰撞的清脆聲音，明明是沒有生命的木器，卻敲出富有情緒的節奏，像是在向他打招呼似的。

陽天循聲望向屋內一個月光照不到的角落，手裡早已儲好反擊的力量，只是在意對方是人是靈，或是外星異形……

終於，一個人形的虛影，慢慢走出來月光照到的窗前。

陽天漸漸看清楚，人影頭戴高高的烏帽，身穿白色寬袖狩衣，長著一張冷艷的白皙臉孔。

他那雙剔透的美眸，不染塵世的媚俗，萬物在他眼中化作多情多義。

人影如虛似幻，但是他左手持著那支古味盎然的木製劍玉，卻是實實在在的。

紅色木球有節奏地在木柄的皿位來回拋接，發出咔、嗒的聲音，彷彿在把玩著敲擊樂器，奏出一闋睹物思人的短曲。

最後，紅球套進木柄的劍尖上，完全靜止，曲終。

陽天不是初次遇上有形的精神體，但見來人氣派不凡，衣裝又是日本古代陰陽師的樣劍玉，是日本尋常的玩意，老幼咸宜。但它並不是發源自日本，而是由江戶時代傳入的西洋玩意慢慢改良，在大正時代確立現在的模式。「劍」是指鎚子形的木柄，前端有劍尖，兩側有大小兩個凹槽，分別為大皿和小皿，劍柄尾端的凹槽叫中皿。綁在鎚子的一條長繩上所連繫的紅色木球，就是象徵太陽的「玉」。

式，不禁拱手見禮，問：「我是陽天，此來為的是捕捉大風。請教閣下尊名？」

來人雙手收於兩袖，也躬身合袖回禮，說：「吾師賜名，宮本靜。」

陽天指著劍玉，問陰陽師是否寄身在此物內？宮本靜抿嘴一笑。

「此木器雖好，但擠不下我的形神。只能說，我形神不滅，它也不滅。」

想不到本來為了捕捉兇獸的誘餌卻引來了陰陽師，陽天就順水推舟，將他獵殺大風的因由和盤托出，希望能邀請宮本靜協助。

「好一個性情中人。」陰陽師的評語，陽天聽不出是褒是貶。

這時，陰陽師又補上一句：「我，終於等到你了。」

他握著劍玉，娓娓細道：「它是智子夫人夫家的收藏，不是甚麼貴重之物，自從百多年前我輩與它共生之後，便跟隨這家族四處遷移。雖未曾在他們前露面，但我能平靜隱世，總算欠他們一份恩情。智子夫人自丈夫離世之後，便在這地方經營牧場，至今已十五年，當兒子離家自立之後，她變得孤獨，仍等待兒子回來生活。可是，那隻大魔鳥一年比一年兇，怪風也一年比一年烈，恐怕總有一天會傷害她。」

說到這裡，他似有所遲疑：「奈何，我亦有未了的心願，故不可輕易損壞形神。只願不蒙嫌棄，成為勇士的左右手。」

陽天聞言一愣，陰陽師帶笑：「勇士安心，我有此請求，這是第一次，也會是最後一次。」

陰陽師聽了陽天的作戰計劃，便提醒他初戰必須一擊必殺，若給大風逃掉，先前的努力將會完全白費。

「你可知此山的原名嗎？」說時，陰陽師眉宇間生出了一點憂色。

不死山。

在日本最早的物語文學《竹取物語》中，輝夜姬最後返回了月亮，並給天皇留下了一封信與不死藥。然而，天皇傷心悲痛，認為如果沒有輝夜姬，長生不老也是徒然，於是將信和藥帶到日本最高的山頂，一把火燒掉了。

天皇情願放棄不老不死，也要思念來自月背的佳人，不死藥燒出的輕煙在山頂繚繞，這座神聖的睡火山從此稱為「不死山」，至鎌倉時代才取其同音稱為「富士山」。

陽天知道，不死藥有一個使用條件，若非性命垂危，便無法發揮起死回生的藥效。

因此，陽天必須在不殃及智子的情況下，第一次相遇便成功獵殺大風，不讓她有機會負傷逃脫，上山尋找遺落的不死藥碎屑。

根據搜神局的檔案記錄，秦始皇完成了統一天下的偉業後，便開始尋求長生不老藥，派徐福三次東渡大海。最後，徐福一去不返，有傳他在東方「平原廣澤之地」自立為王。事實上，徐福東渡古代日本，踏遍整片土地，終於得知長生不老藥藏在最高的山頂，可是人未登山，卻力盡而亡於山下。此山正是現今的富士山，而富士吉田市更是徐福墳墓的所在地。

可惜，大風早上來襲時，陽天失手了。

現在，富士山六合目，陽天努力走在帶點濕氣的崎嶇山路上，一不小心便滑腳，口袋裡的劍玉掉了出來，他下意識伸手抓住劍玉的木柄，但見繫著長繩的紅球在空中擺動。

「有繩，球就不會飛出去。」

陽天似有所悟。他察覺到山路的邊緣每隔五公尺便插有一支金屬桿，串著一條黃黑兩色交織的長繩，防止登山人士跌出山邊。

一時間，陽天的思緒飛回在馬來西亞與撒加把酒暢談的晚上，那時提到山族祖先射鳥的技巧，可否用於捕捉大魔鳥呢？

陽天來到海拔三千公尺、接近八合目的火山坡，這裡陡峭險要，沒有遮陰的樹叢，只有岩石砂地。

雲霧稍散，他抬起頭，除了山頂的雪冠，還發現到大風正在啄食山坡的黑土。

大風吃過奇藥，亢奮地伸頸振翅，喉嚨的傷處以異常的速度復原，全身的翎毛更顯出七色迷離幻彩。

無視陽天就在身前，大風還是定神望著雪白的山頂。

陰陽師浮現在陽天身旁，說：「魔鳥投火，浴火重生。我們絕對不可以有第三次相遇戰！」

大風挾奇藥之力，她一旦飛進火山口，就會轉生成更強的形態，但同時也會引發沉睡了差不多三百年的富士山噴火，持續不斷地降落的火山灰，更會掩埋附近二十公里的城鎮，甚至遠至一百公里外的東京首都圈也將陷入癱瘓。

於是，陽天立即引起五行氣箭。

大風記恨那一箭之仇，拍動兩翼撥出極冷的狂風，冷凍周遭的水份形成大風雪。

雪片直襲陽天，他腳下盡是碎岩，雪融在地上，令他左腳一滑，失去平衡。

他連忙伸手扶住旁邊突出的岩石，右掌心登時被鋒利的岩邊割破流血。

就在此時，大風施展第二輪攻擊，雙爪捲著風雪飛撲陽天。

陽天連忙踏弓馬步，右前左後，在風雪中穩固身形，同時來個深呼吸，保持身體的氧氣充足，才可做出準確的判斷。

他決定就地取材，右手聚氣揮出黑土弓，染血的左手則聚成火焰箭。

在陡斜的山路上，陽天彎腰往後引弓，修正發箭的偏差。

火箭破風雪而出，射中大風的左翼。

火焰一散，大風卻見左翼卡著一柄劍玉，尾端連著一條長長的救生繩。同時，一個脫俗的人類精神體浮在半空，赫然是陰陽師。

宮本靜從衣袖內取出一柄蝙蝠扇，纖手一揮，控制劍玉破翼而出，快速飛繞大風，引救生繩緊緊纏上她的鳥身，繞到最後一圈時，紅色木球藉旋轉的離心力，砰一聲直擊她的頭顱。

山族土著的射鳥技巧，就是把絲線繫在箭矢上，射中後不讓牠們飛走，便於擒捉。

陽天拉住了救生繩的尾端，把繩身捲在臂上，不讓大風掙扎擺脫。他越是大力拉扯，頭部受傷的大風更是奮力往上飛。

即使拖著陽天的重量，大風亦要投入富士山的火山口，引發噴火，浴火轉生。

宮本靜見人鳥互搏，勝負決於一瞬間，他不得不收扇回袖，施展自豪的絕技，左手持劍指，右掌包合於外，唸出十七字真言降魔伏妖的咒文。

「臨兵鬥者，皆陣列前行，常當視之，無所不辟。」

他手裡登時閃耀出熾日般的光芒，照得大風的眼睛霎時刺痛失明。

陽天乘此機會，雙手連忙拉緊救生繩，望向陰陽師和大風，展露必勝的笑容。

在這個海拔三千公尺的險要高地，陽天見天大地大，本感非勝不可，加上宮本靜唸出葛洪《抱朴子》的名句更叫他勇氣大增，一股熱血直湧上他的腦袋，立定志意，踏出取勝的一步。

陰陽師見陽天開步的方向，預測到他的行動，不禁失聲大叫：「萬萬不可！」

陽天大步跳出山坡，整個人急速俯衝而下，長繩拉動大風直墜在岩地上拖行，肉身被石尖狠狠割破，翠綠血液和艷麗翎毛沿途撒滿一地，不斷撞擊岩石的巨翼相繼折斷。

纏在頸上的救生繩令大風快要窒息，她不斷搖擺頭頸，掙扎著呼吸，渾然不覺前方一座巨石急速放大……砰！

不斷滑坡引致渾身擦傷的陽天，驀見一條大風翎毛從上方飄來，連忙伸手抓住，回頭望上，只見大風已頭破身斷。

突然，那支古味盎然的劍玉不知從何而來，敲了陽天的前額一下。這就是對陰陽師無禮的後果。

翌晨六時半，富士山下的河口湖，沿岸的溫泉旅館陸續有旅客起床來到湖邊，想一睹一幕非常難得的自然美景。昨日山頂傳出來的異響，由於最後找不到原因，氣象觀測站也沒有錄得火山異常，結果被當成虛驚一場，不了了之。

陽天留在湖畔旅館的房間，泡在房間的私人溫泉裡，洗滌心靈，一邊輕輕清洗劍玉。

陰陽師倚在大窗戶旁，眺望富士山，說：「這幕景色，不止在於心靈的感動，也是一種信仰，人與山並存於世上的重要見證。」

他揚手引導陽天的視線望向窗外，只見在平靜湖面中映照著富士山的倒影。

「見到『逆富士』，等於同時看到了兩座富士山，可謂不枉此行。要造就這美景，天時、地利、運氣缺一不可。首要的是……」

陰陽師頓了一頓，待引起陽天注意，才清楚地說：「天清無風。」

無風，語帶雙關，陽天泡在水中輕輕拍掌。

陰陽師報以微笑點頭，繼續說：「美景當前，我是時候離開了。」

他要回到牧場去，守護智子夫人至離世為止。

陽天知道陰陽師精通命理術數，就趁他離開前，向他請教「月在何方」。

昨晚二人徹夜長談，談過古往今來，也談過世界大千，亦談過創世滅世。宮本靜答允陽天參與對抗災星的行列，只是陽天為履行羿的使命而失卻愛人，令宮本靜感懷自己的過去。

經陽天一問，陰陽師伸扇指向他說：「羿射日的付出，使他得與姮娥結成夫婦。射日是因，結髮是果。世上每處都有月，只是每時的月相不同而已。說月不一樣，那是人望月，其實月從來沒有變過。」

陽天聽後沉默良久，陰陽師合袖拜別：「有緣再見。」

於是，陽天從水中站起，手持劍玉，用力一揮，劍玉一直飛出窗外，與湖上的水鳥並飛，瞬間遠去。

之後，陽天回到河口湖附近的富士吉田市，尋訪傳說中的徐福古墓，前後花了三天卻找不到線索。

在過程中，他遇上一個久居此地的外星異形，對陽天說了一些莫名其妙的話，「要找徐福墓，不如找神武天皇墓，他倆其實是同一人。」

陽天問異形為何在這市鎮落腳，異形說沒甚麼，只不過因為家鄉也有個夏天是綠色、冬天染成白色的高山而已。

在日本民間，廣泛流傳著徐福是日本立國者神武天皇的傳說。有傳兩千多年前，徐福從中國東渡日本，教會仍處於土器時代的日本人種植水稻、養蠶織絹，冶煉銅製兵器，一躍而到了青銅器時代。其後，徐福率領幾千名由齊楚各地徵調而來的男女進行東征，並以神權之術統治當時知識低下的原住民。最後自立為王，受人民尊為從高天原降世的神武天皇。

下一站是台灣，目標是九嬰。九個頭、能噴火吐水的超巨大兇獸。陽天需要的是「九嬰的血淚」。

在日本成田機場，陽天來到航空公司的櫃台，女服務員卻把他原定去台灣的機票改成印度。陽天會意，前往機場最隱密的停機坪，看到一架印有黑隕石標記的運輸機。

陽天上機之後，機組人員就準備起飛，一位叫作「見雪」的印度少女，拿著一個視像通信裝置交給陽天，溫柔地說：「十五秒後，印度分部的新任部長會與你對話。」

十秒後，運輸機已經開始駛向機場跑道，五秒後成功起飛。

這時候，通信裝置接通了，熒幕上出現了神色緊張的見道，一別多年，見道已是長滿鬍鬚的成人，背景是雪山的山巔，他操著那一口字正腔圓的英語，連珠炮般說：「陽天，等了你多天，快來印度分部，有大亂了！」

竟然是見道所說的大亂，必定是大亂，陽天絕不會懷疑。

見道極度抑制內心的懼意說：「他們，要回家了！」

暗黑搜神局，正要侵襲印度分部！

暗黑回歸

第4回

MMXII

暗黑搜神局入侵香港分部不足三十秒，點石齋店面的所有陳設全遭摧毀。

孫行土早就學懂不會心痛這些陪伴自己數十年的古物，最教他難捨的，只有陽天和他的家人。

他帶領陽昭等人從地底下重重防護的曲折通道離開，出口設在一幢過百年的紅磚屋的祕密地窖。

陷入死亡狀態的春風，必須盡快接受治療。孫行土小心翼翼抱著她，心裡一直盤算在這城市還有甚麼人可以救她，心急得快要罵髒話。

向明月憂心忡忡跟隨其後，擔憂兒子的安全。

半分鐘前，暗黑搜神局成員已攻入地下第一層。此時，過百位暗黑成員已塞滿孫行土等人經過的地下第三層逃生通道，恍若佛經中的餓鬼道，飢不擇食地追上來。

忽然，一支虹光氣箭從前方射來，為首的一個暗黑成員張開血盆大口，要嘗試把氣箭吞進喉嚨的滋味。結果，他半個身體被炸成粉碎，血液和胃酸濺到身後的成員們，惹來更大的騷動。

五行箭氣和發箭者的特殊體質，刺激著暗黑成員的貪慾，步伐不停加快。

守在通道前方的陽昭，為了守護愛人能安全離開，左手拿出青銅棒一揮，便變成古蜀國的三足烏弓和火羽烏鏃箭。

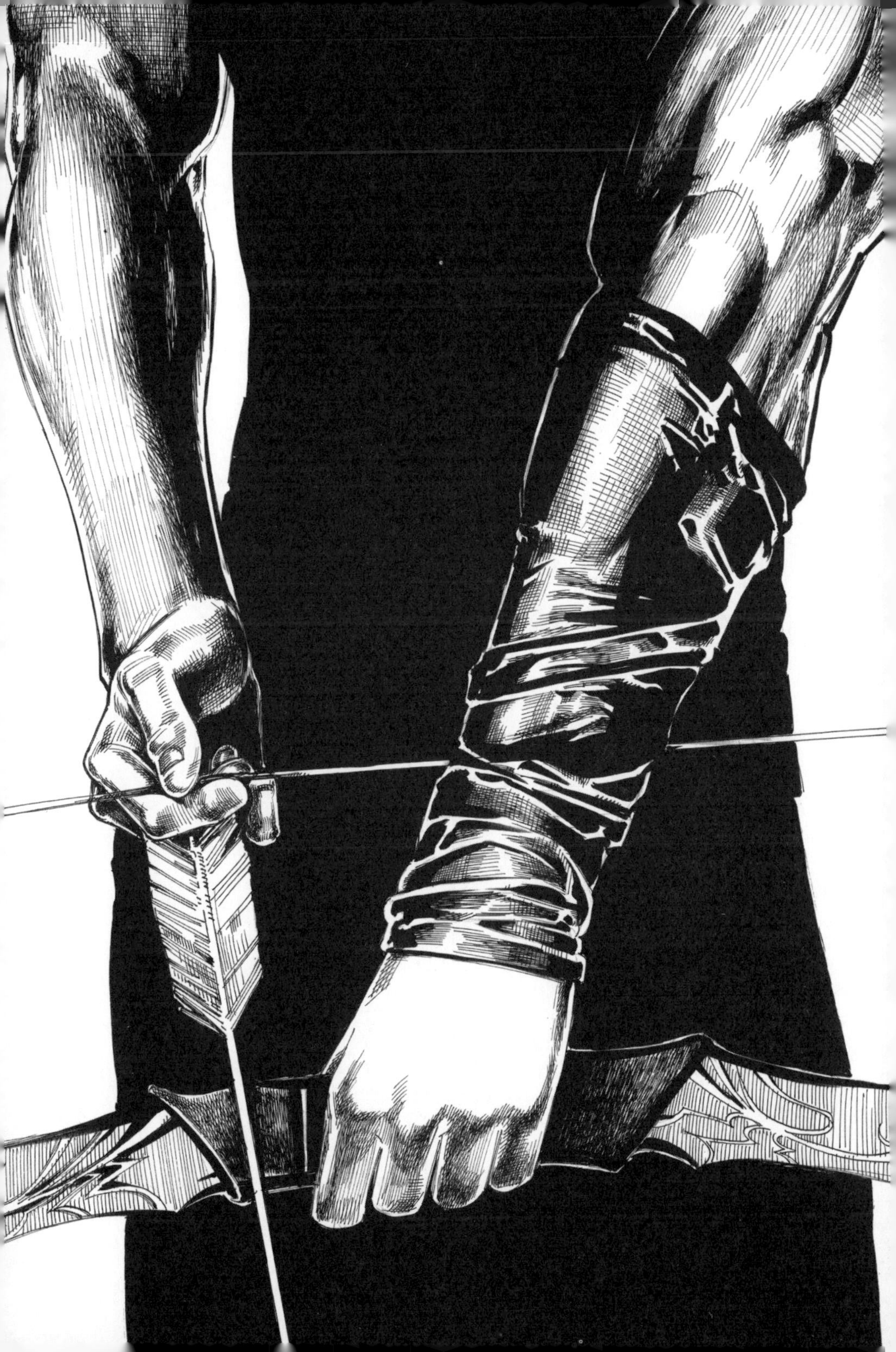

同時，他運起尚未能駕馭的月相力量，讓月亮寄於心中。月有四相，晦朔弦望，論殺性最強的，必屬晦月。

陽昭臉色閃現一抹陰暗，驅動晦月的力量注入三足烏弓，卻被神器所拒，月力反噬陽昭，火羽烏鏃箭脫弦而出，化成五彩幻變的虹光神鳥疾飛。

站在前排的一位暗黑搜神局成員，張開一公尺寬的上下顎，從口腔發射出一支六十毫米口徑的導彈迎擊。

導彈在距離虹光神鳥一公尺前爆炸，但神鳥沒有瓦解，只是被震得偏移了軌跡，斜上衝破三層地下室，直達地面，所有聚在店面的暗黑成員未及反應，便被虹光炸得支離破碎。

數以噸計的砂石礫土，挾著暗黑成員的血液及殘肢，直塌向地底的逃生通道。身後忽聞巨響，已來到某博物館地窖出口的孫行土和向明月不禁大驚。

力量的共鳴令向明月一陣暈眩，她勉力以最後的意識對孫行土警告：「糟了，昭……已被晦月支配了……」說罷隨即昏倒。

這時，陽昭被活埋在砂礫中，整個人動彈不得，連呼吸也被重物壓住，形同與暗黑搜神局一起生葬。

青銅棒在哪？青銅棒在哪？青銅棒在哪？

這是陽昭唯一求存的希望。

——我不會似父親壯烈犧牲，只是我一時不幸，要是可以重新選擇，我決不會射出神鳥……

「……不對啊，我怎麼可能萌生這個想法？」陽昭知道附近有暗黑成員又來干擾他的思考，身體雖不能動，但仍利用晦月力量，探索自己所處的環境及敵人的位置。

力量的波動穿透砂礫不夠十秒，即遇上另一股類似的力量回應。位置一旦暴露，登時有另外過百道不同類型的力量陸續搭上來，聚在一起，沒有相斥，只是越纏越大。

陽昭本欲收回晦月力量，念頭稍起，便有很多意識直接衝到腦海，激起波瀾萬丈。他一時間未能分辨出所有訊息，但直覺已經理解，他竟然連繫了暗黑成員們的意識？

——或許這不但可以解救母親等人的危機，他們還有更大的用處。

——要是我不再理會搜神局所謂的權限，或可做到一些本來是僭越的事情……？

他突然站在人生分歧點上，不知何去何從。

可是，砂土快要壓破自己的心肺，陽昭還考慮甚麼？

他不會似父親壯烈犧牲，只是他一時不幸，要是可以重新選擇，他決不會射出神鳥……陽昭此刻終於認同了。

轟隆！嘭沙，嘭沙，嘭沙，嘭沙，嘭沙，嘭沙。

這時，陽昭眼前和身上的砂土開始鬆動，繼而被移走，陽昭艱難地坐起上半身，只見百多位暗黑成員捨棄生命形成人柱支撐著瓦礫，闢開了一條通道，直通往地下第二層的特訓場。那正是陽昭最想做的一件事。

在特訓場，一個暗黑成員伸出一支機械手指直插入控制台，再從手指伸出比納米更細的絲線，接連搜神局電腦系統的線路。

陽昭一手按著那成員半機械的頭顱，同步讀取資料，通過一層又一層封鎖，終於來到最後一層，也就是陽天於一九九九年九月九日早上設下的封鎖。

陽天，不再是自己尊敬的人，而是討厭的攔路者。

為了理解陽天那所謂的「不可駕馭的層次」，陽昭心念甫動，再有十個成員把頭顱以管線連在一起，加速對封鎖的衝擊。

一個頭受不住負荷毀了就脫落，下一個頭自動補上，陽昭的慾望刺激他們欲罷不能。

得到這龐大的助力，陽昭也伸手向砂礫，不一會，青銅棒破土飛出，回到手中。

他反手把青銅棒插在控制台，希望用這神器幫忙破解。

在暗黑成員的努力下，陽昭的意識像走進電腦系統中，看見一個面目模糊的陽天。

「是他封鎖了一切記錄。」

陽昭衝破那個討厭的攔路者，之後看見的，就是「不可駕馭的層次」……不僅完成了獵殺兇獸的修行，更在一九九九年五月受到不明力量影響，不自覺轉化至暗黑一面，達到比

「乾」培植的陽天更高的層次？

「竟然……」陽昭漸漸掌握那個陽天也離不開的出口，可是思索忽然中斷，他猛然看見一隻金屬右手欲抽起青銅棒，赫是孫行土。

從逃生出口折返察看形勢的孫行土，看見陽昭本來的防守位置已崩塌成砂土堆，卻由暗黑成員捨命支撐成隧道，心知不妙，於是不顧凶險，原路趕回，卻驚見故人之子竟然夥拍暗黑搜神局，破解父親封鎖的資料。

孫行土氣急敗壞，厲聲勸止：「陽昭，醒來啊，走上暗黑之路，便無法回頭了！」陽昭按住老孫的金屬手，手心添上一分寒意，語氣帶點亢奮：「快放手，我看到了一條康莊大道！」

「錯了，你看錯了，我來告訴你，是非黑白——」孫行土想說下去，卻心痛得凝噎，但手依然牢牢不放。

陽昭乘時反駁：「這些人是因為加入搜神局而墮落的，我知道，我聽到，他們不會騙我！」說時，狠狠用雙手大力甩開孫行土。

孫行土放開了青銅棒，卻沒有退開半步，雙眼通紅，唇片顫動，好不容易才吐出：「……你……對不住你父親……」

「別再提起他——！」陽昭雙掌急泛虹光，卻滲著黯芒，映照他陰晴不定的神色。

孫行土慢慢伸出阿修羅之臂，問：「這隻手曾抱過初生的你，記得嗎？你是在這裡的小閣樓出生的，記得嗎？還記得你父母為何起名叫你陽昭？」

一句一句，希望喚醒站在歧路上的陽昭。可惜，他沉默不語。

突然，孫行土揮起阿修羅之臂，金屬零件環環相接，以媲美真正戰鬥之神的力量，一掌拍向陽昭的胸前。

陽昭冷不防被擊中，然而這一掌不但不痛，孫行土更流著淚對他說：「再見了！」

他驚訝地張大眼睛，心神一亂，任由老孫的掌力被吹飛至那唯一的生路內。

因為老孫的話，陽昭恍惚間回憶起初生的自己，曾用小小的指頭觸碰那隻充滿慈愛的金屬手、那個髮鬚尚黑的前輩，以及他那溫暖的笑容。

還有，在過往兩年多次出生入死中，即使他髮鬚變得灰白，也永遠站在陽昭的左右。

既是前輩，也是好友，亦是家人……

偏偏此時，暗黑搜神局成員已洶湧撲向孫行土。金屬臂被扯斷，血泉噴湧，但沒傳出任何慘叫聲……

只有腳底傳來轟隆的破土聲，同時一股強烈的凍氣從下湧出。

是液態氮！陽昭的猶豫只有一瞬間，就果斷地退入逃生通道，往出口方向飛奔，一邊向所有暗黑成員發出逃生信號。成員們各展奇技，從地下通道和各個隙縫瘋狂逃出，只留下被破壞殆盡的點石齋。

不久，點石齋方圓五十公尺範圍內，溫度急劇下降，凍氣湧上地面，凝結成冰塊膨脹，最後發生大爆炸，一間近百年的老字號就此毀於一旦，連同兩旁的花店和長生店亦遭殃及。

從昏迷中醒過來，向明月發現自己仍在紅磚屋的地窖，回頭見陽昭走出通道而來，登時鬆一口氣。可是，兒子的氣氛卻與平常有點不同，而且還缺了一個人。

「老孫，戰死了…？」向明月不難想到結果。

「他，求仁得仁。」陽昭抱起仍未蘇醒的春風。

向明月欲阻止他，叫她驚訝的是，暗黑成員們已潛伏在整個地窖內，挪動著千奇百怪的軀體，陸續靠近向明月。

每一雙眼睛都注視著她，渴望她換上暗黑的月相，一起並肩同行。

她感到害怕，不禁站起身子，走向兒子所在之處，心裡不斷唸著「不許碰我兒」，「不許碰我兒」……

還差兩步便來到陽昭的身邊，忽見眼前被一道非常熟悉的光幕所阻，赫是兒子毫不留情地祭起的「弦月之網」。

月網恍如一個警告，即使是母親，也不容接近。

「昭，趁現在還可以回頭，卸下月相，帶我和春風離開。否則……」她語重心長的頓了一頓：「……痛苦一生。」

這時，月網消失，她終於能看清兒子的面容，卻是抹上了晦月之相。

陽昭已遭黑暗面完全佔據內心的光明，說：「媽，謝謝您的月相力量，是它成就了我。」

此刻，他的力量已凌駕於母親，也許是他自願深陷月相的折磨，無法自拔。

向明月只得眼巴巴看著他領導暗黑搜神局離開。

陽天生死未卜，孫行土戰死，世上只有一個人可以幫助她和陽昭。

亞洲總部長，見道！

一小時後，位於啟德發展區的國際貿易財富中心全幢一百五十層，受到冰火雷水各種反常異象的襲擊，建築物內的「乾」信眾全員葬身其中。

暗黑搜神局不但奪取了「乾」的培養槽，陽昭還發現靈石早已定下了回歸母體的「坐標」，赫是九龍寨城公園。

於是，他決定召集全世界的暗黑搜神局。

這一天，世界各地的暗黑搜神局陸續「回家」，從海陸空三路前往坐標——香港。

暗黑成員們在外面流離數十、有些接近一百年，每天逐漸失落原有的人類意識，雖然演化出超然的生存形態，卻不為世所接受。本是維護世界平衡的有志之士，因為選擇了一條超越人類規限的路，反過來成為搜神局的消滅目標。

直到腦海裡產生「回家」的意識，縱使千里迢迢，路途險惡，他們也要前行。

暗黑搜神局突然的大規模「回家」，震驚全球，搜神局亞洲總部決定，立即介入香港分部的防衛！

第五回

諸神戰場

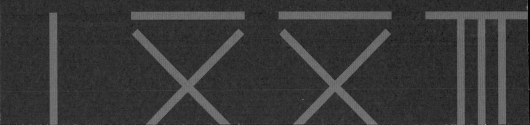

「高原長雲暗雪山，你能找到我們的戰士嗎？」

這是搜神局印度分部獨有的短詩，是成員們為在大風雪中失去聯絡的同伴而唱的，希望他們能早日回家。

三天前，過千位在過去六十年間失蹤的戰士開始回家了。

印度分部的運輸機飛到了見道指定的地點，已是當地時間黃昏五時二十分，連綿的雪山被陽光染成金黃，此情此景叫機內的陽天疲憊全消。與大風戰鬥時負的傷，得到女特工見雪悉心照料，大概回復至八成狀態。

陽天感謝見雪，她卻說：「見道說你是最強的同伴，所以今次要拜託你了。」

十分鐘前，見雪領穿好行動服的陽天進入武器庫，看了十二款先進的弓箭裝備，全是見道推薦的，包括能安裝在雙臂上的機械弓箭套裝、可以利用人造衛星定位的遠程熱能導向弓箭……等等，但是沒有一款能令陽天動心。

在四次獵殺兇獸的修行中，陽天發覺天時地利人和，才是他最好的裝備。

二人站在機尾，艙門慢慢打開，艙外的風聲和引擎聲轟轟作響，見雪指向下方的雪山地區，大聲地說：「運輸機正在五千公尺高空，你跟見道很接近，還記得嗎？」

見道約定的地點是距離搜神局印度分部二十公里，海拔四千六百五十五公尺，中印邊境一處被孤立的雪山山尖。

陽天向見雪比出一個「ＯＫ」的手勢，她突然補充一句：「這裡是傳說中梵天諸神大戰的戰場。」她也知道他是羿。

出發前倒數五秒，見雪突然擁抱著陽天，並在他耳邊數五、四、三、二、一……數到零時，見雪輕輕推開陽天，讓他用後仰的姿勢飛出機外，跌進下方因為溫度急降而形成的雪霧大海。

他要前往的地方稱為「雪霧孤島」，地名就道盡了環境的艱苦。那是一處被群山懸崖峭壁包圍的孤峰，因為氣候使然，當氣溫低於攝氏零下十度時，便會被雪霧環繞籠罩，到了每年冬季，更是雪災頻發。

陽天來到的日子，是見道身處戰場的第二天。

見道面對的敵人是一群正在回家的同伴，過往六十年，搜神局印度分部發生過多宗與外星異形的衝突，死傷過千，當中有很多成員因此墮入黑暗境界，變成行動難測的暗黑搜神局一份子。

一星期前，搜神局印度分部探查到，暗黑搜神局正從邊境地帶的高原陸續集結。

印度分部長是一名一百零二歲的苦行僧，他從十年的冥想中睜開眼睛，命令各地的「見」字代號特工集結，組成特別應變小組。

翌日眾人醒來，發現苦行僧已盡了天壽，印度分部於是奉他的遺命，指定高級特工見道接任部長。

見道和陸續回來報到的「見」字號特工商議，分成四方防衛部隊，編制為每兩位特工帶領十位駐在印度分部的異人。見道負責他熟悉的東方，即中印邊境的雪山地帶。

所謂異人，就是經搜神局檢定擁有異能的人士，而陽天既是異人，也是特工。

見道使用新近建立、代號「神明」的電腦網絡，調查陽天的行蹤，發現他購買了一張由日本成田機場到台灣桃園機場的機票，於是立即要求這位最強同伴前來支援。

行動第一天，見道和十位異人先在雪霧孤島的尖峰上，設置了無人哨站，透過量子雷達，從高處以廣範圍探測敵人的位置。

之後，他們來到雪霧孤島下的雪谷，那處名為「拳頭谷」，傳說是梵天諸神大戰時，某神明一拳打開的山隘，有著可通往其他山脈的生路。

根據分析，這裡最接近敵人的前進路線，於是眾人進入雪谷小路，在一個凹隘內建立了能避風雪的據點。

見道把雪霧孤島四周的地圖投射在石壁上，推算今次行動的路線，十位異人凝神聽著。

他們都是見道親自從印度各個城鎮找回來的，年齡由十六至五十歲，每人都有自己不同的異能和出身。

自加入搜神局之後，得到適當的指導和訓練，他們都有著同一個理念，就是以異能對抗異變人和外星異形，維持地區和平。

見道喜歡用他們的異能來作代號，如千里眼、順風耳、巨力、金屬皮、飛天、銅頭、長人、遁地、裂嘴和超聲波。

見道推算的戰術，必須以當時的風雪變化作基礎。

「『拳頭谷』，是進攻據點，即使有勝機，也要等待支援小組到來，集合三十人以上才可以攻上去。若要退守，就要到達西南方的『大裂口』，那是支援小組必經之路。要是不幸處於劣勢，我們要立即解散，用自己的方法生存下去，絕對不可退至『殺風坑』，那是九死一生的險地。」

第二天黃昏前，從六千公尺高空，一個下半身裝上噴射引擎的光頭疤臉女人，雙手拿著兩枚飛彈射出，拖著長長的黑煙，直接擊中尖峰上的無人哨站。

峰頂爆出巨大火焰，沙石和雪堆傾瀉而下。

負責哨站監控的異人用千里眼技能，截取了哨站被轟炸前一秒的畫面，看見女人那瘋狂的笑容，用人臉辨識技術配對失蹤成員的資料，大叫：「見道，她是你的二十姑姑！」

見道早有心理準備，這次的敵人當中將有不少親友，所以早在出發前就狠下心來，隨便回應：「我的十三叔叔可能在前面等我。」

見道的爺爺有六個妻子，三十一個兒女，當中有過半數加入了搜神局。

而在搜神局的失蹤名單中，就有十個是見道的長輩。

在雪山長大的異人「巨力」自信地問：「見道，敵人宣戰了，就等你下令行動啊。看吧，我的拳頭已經變得比鑽石更硬。」他的身體吸收了化學原料，會在體內按需要混合，這時他已把右拳變成硫化碳炔狀態，那是比鑽石強硬四十倍的物質。

巨力闊步走近昨晚搬到前路作掩護的大石，連熱身也不做，一拳把它打碎，為眾人出發前壯膽。沙石散落，巨力的拳頭無損半分，但他本來自滿的表情忽然變得蒼白。他的拳頭竟然抽不回來？

因為在另一邊，有一隻機械手正抓著他的拳頭。

巨力最後看到的，是來人左半身是機械，右半身是男人裸體，但沒有頭顱。

一秒後，他就化成了一團血霧，在空中凍結成紅色冰粒，散落於雪地上。

見道和其他九人驚逢突變，立即起身戒備，同時看見在半機械的暗黑成員背後，出現了一隻獸形的外星異形，四肢、五官和尖牙均是慘紫色，口中咬著一顆板球大小的黑色石塊。

在場沒有人不認識那顆石塊——黑隕石！

見道拔出一支掌心雷短槍，瞄準慘紫色異形的眉心，射出一發鑽頭形子彈，可是異形猛力一咬，黑隕石閃現比藍火更高溫的紫火，在頭顱被子彈貫穿的同時，發生一場強烈的紫色大爆炸。

千里眼、順風耳、飛天和遁地立即被炸成紫色飛灰，見道得到金屬皮掩護，才僥倖跟銅頭和超聲波撲出十公尺外。

見道四人快步走在前來雪谷的小路上，邊走邊回身開槍，能阻延敵人一秒便是一秒。

三個異人乍然止步，同時施展異能向前方攻擊。

見道錯愕地望向前方路口，赫然有一個穿著搜神局行動服的人，拉起了水弓和水箭？

「快避開！」風雪聲、慘叫聲和敵人追逼的腳步聲，仍難掩這突如其來的男人聲音。

見道等人連忙撲向地上，水箭已在頭上疾飛而過，所過之處的冷風和雪片全都凝結成冰箭，短短十公尺便化成百多支，箭雨插得半機械的暗黑成員滿身都是，封鎖了他的行動。

可是，在剛才的爆炸中散滿地上的紫色碎片，卻重新組合起來，復原成紫獸異形。牠邊盯著陽天，邊走近伏在地上仍未斷氣的長人。

陽天趕到見道身邊欲帶他離開，見道卻掙扎大叫：「陽天，上去救他！救他！」陽天搖了搖頭，太遲了。

此時，暗黑成員已極力掙破身上的冰封，走向在生死線徘徊的裂嘴。

兩位異人皆不懼死亡來臨，但來的卻不是死亡，而是更可怕的……

紫獸異形咬住異人長人的頸項；機械手插入異人裂嘴的心臟。

不消一分鐘，兩位異人就被異變能量所佔據，變成暗黑搜神局的一份子。

就趁此時，陽天等人已然離開拳頭谷，順著雪坡滑向下方的大裂口。

他們沒有看見那兩個同伴變成何等恐怖模樣，但知道，那就是一去不回的黑暗境界。

陽天比風雪更為冷靜，暗想此消彼長，暗黑搜神局永遠佔著上風。

大裂口是山間一道高達一百公尺的垂直裂縫，傳說是由一位勇悍女神揮斧劈向雪山而形成的。

當天晚上，見道領著陽天和三位異人，來到大裂口下方一處可容二十人的地台，乘雪霧剛起，就在這個位置度過一夜。而支援部隊將於明天中午通過附近的地方。

爐火前，金屬皮唸出自己信仰的經文，為死去的同伴超渡，願他們早登極樂世界。

自加入搜神局，陽天得知古代信奉的神明不是異能英雄，就是外星來客，對信仰只當是心靈寄託而已。

然而，印度人自出世便與信仰共生，不論如何，他們都會虔誠面對神明和生死。只是，陽天察覺到其中一個人臉上多了一份歉疚……

見道的鬍鬚沾了點點白雪，盡量按下不安，說：「抱歉，陽天。沒有好好招待你到我們的雪山堡休息，就要你直接來到戰場。幸好有你……」

沒等見道說下去，陽天就輕拍他的肩膀，示意不用多說。

印度分部的基地是建立在雪山的岩石堡壘，那是東方巫師在二百年前找到的地標，可能是通往神明世界的天梯遺址。

面對暗黑搜神局這次大規模的「回家」，前部長苦行僧的遺命是，若然搜神局守不到最後，便讓他們「回家」吧。

陽天明白遺命的真意，想必在雪山堡基地有一道與敵同歸於盡的最後殺著。可是，陽天有一個疑問，正要信口而出，見道卻突然轉變話題。

「這座雪山就是我父母邂逅的地方。那個年頭，邊境發生了很多大大小小的紛爭，不是個安全的地方。偏偏有兩個年輕人，總覺得在雪山的另一邊有一個人在等著自己，就這樣，他們離開家鄉，翻山越嶺。來自印度的青年和來自中國的少女，竟然在這海拔三千多公尺的雪山相遇，就是一種天作之合啦，對不對啊，陽天？」

天作之合，這簡單的四個字沒有惡意地刺中陽天內心的痛處，但他仍微笑點頭回應。

見道也微笑，說：「我是獨生子，也許是生下我後，爸媽太過滿意這印中合作吧。」

在這艱苦的時刻，見道卻言談閒事，陽天知他在迴避。

暗黑搜神局，為何突然在這時候回家？

翌日早上，沒有吹起風雪，見道等人正前往支援部隊所經的路線。

沿路沒有敵人的動靜，只見過狼群，還遠遠看到雪豹驚慌逃走。早上的陽光曬得陽天整個人發燙。

突然，陽天在雪地上踩到一雙巨大的腳印，比常人大上九倍。

「那不是阿修羅的腳印嗎？」見道禁不住興奮大呼。

阿修羅，一個壯碩的戰鬥之神，擁有三對能夠翻天覆地的臂膀。

見道聽過父親的奇遇：父親曾於喜馬拉雅山遇見一位昂藏八呎的大個子，他當時指天怒罵，正是阿修羅本尊。

從此，見道迷上了這個真實存在的神明。十六歲那年，他便醉心開發代號「阿修羅之臂」的機械臂，現安裝在孫行土右肩的是第一版，而第二版正在測試階段。

可是，異人銅頭糾正見道，說：「那是大腳怪的。」

見道聞言有點失望，銅頭繼續說：「我小時候見過大腳的外星異形，一群六七個在雪山上跑來跑去，只有腳大，身體不大——」話未說完，他整個人不慎陷入雪地內，深度及腰。

見道抓著銅頭的手，說：「你幸運，雪還沒高過胸口。」陽天也上前幫忙。

正當二人要往上拉時，所處的雪地突然動盪起來，如大海洶湧。

銅頭即時被扯進雪海裡，雪地上的四人隱隱聽到他發出連聲慘叫，見道見狀，拔起掌心雷短槍，奮不顧身撲入雪海之中。

砰！砰！砰！三聲槍響過後，從雪海中霍然站起了十個暗黑成員，構造異常複雜的外形，叫陽天難以形容。

他運起五行合一的箭氣，雙手十指連環發箭，掩護金屬皮和超聲波，從傳出第三聲槍響的雪堆中拉起見道，右手仍拖著銅頭的斷手……

陽天看到見道胸前有一道深深的傷痕，便立即叫兩位異人扶見道撤退。

只是，他也不知道自己能擋多久。

印度分部除了雪山堡基地外，這百來年還在附近開鑿了數十個不同大小的洞穴，作為支援單位。

在東面兩公里外一個經年積雪的洞穴，「擁有神明智慧的白癡」阿水每天與十個電腦科技特工埋頭在這個冰冷的辦公室裡，讓電腦學習他大腦內的「訊息」，從而建立電腦網絡系統「神明」。

突然，阿水拔走了插在耳朵的訊號線，走出洞外，面對藍天下的迷濛白山，呆呆說著：

「陽天……」

金屬皮和超聲波帶著受傷的見道，不斷往山下走，陽天隨後趕上。

山間風聲漸大，見道知道大風雪將起，心忖支援部隊為了安全，可能會改道或停止前進，便對其他成員說：「大家就地解散，用自己的方法回到雪山堡去，這是命令！」

這是最初就協定好的方針，兩位異人雖各有所想，最後還是從不同方向離開。

陽天對見道說：「我不會聽你的命令，也不會留下你一個人等死。」

沒有安身之所，只有九死一生的險地，陽天覺得這也是不錯的選擇。

之後，二人借雪坡的陡峭，直接滑至崖下的「殺風坑」。那個凹陷的坑谷，就是梵天諸神大戰的決勝之地，也是傳說中多位神明的墓地。

熊熊的火焰氣勁破開洞口的經年積雪，陽天扶著重傷的見道走進岩洞內。

見道因為雪水滲入接近肺部的傷口，開始發燒。陽天連忙替見道急救，把配備的所有藥品都用上，才讓見道的心跳和呼吸稍為脫離危險。

畢竟，見道未必能撐過明天，於是陽天決定賭一局。

他走出洞口，向天發射一枚帶著電磁波的訊號彈。不止支援部隊可以收到，就連敵人也可以收到。

一切要看：到底是誰先來一步？

陽天回到洞內，本來昏迷過去的見道不安地撐起身子，迷糊地說：「我⋯怕一睡不起⋯⋯」但他虛弱得說不出話來，只能低吟著從陽天聽起來有點似梵語與拉丁語的混合音調。

其實那是印度古老的天城語，意思是「高原長雲暗雪山，你能找到我們的戰士嗎？」這本來是一闋尋找同伴的短歌，現在由受傷垂危的見道吟出來，雖然陽天聽不懂，仍感受到他此刻的無助。

陽天不禁握住他的手說：「有我在。沒事的。」

見道稍覺安心，只是他不想睡下去，想盡量在自己清醒時多說一點，因為他不知道自己最後的一句話會是甚麼。

「一次⋯爺爺的三位戰友出去巡邏，不小心一腳踩空，滑到一公里外的這個地方⋯⋯等到爺爺和同伴找到他們的時候⋯已經是⋯三天之後⋯⋯」他竭力伸指向雪洞深處，說：「爺爺說過…有人在洞壁刻上…刻上了遺言……」

陽天舉右手運起火勁，照著洞壁一步一步往前走，赫然看見盡處的石壁刻滿他不認識的文字。他逐個撫摸字跡，感受上面承載的悲傷和絕望。

陽天回來時，問見道：「你要對我交代遺言嗎？」見道點頭，他不知道自己還能等到甚麼時候。

「但請先聽我說……」陽天平心靜氣地說：「暗黑搜神局為何會選這個時候回家？是不是印度分部正在進行甚麼大事？」

見道忽然語塞，似有難言之隱。陽天定睛望著他，希望他不要帶著真相離開。

二人一時僵住，洞內靜得可怕，這時候才發現洞外持續數小時的風雪已然停止。

見道深深呼吸一下，歉疚地說：「是我鑄成的錯……呼…我把阿水大腦所載的神明訊息，以及靈石碎片上的符號作配對……發現可以構成一個觸及神明領域……的龐大數據庫……但要分析這些…必須要過百萬部電腦來執行……為了加快…建立的進程，我提出抽取基地下方的……黑隕石能量……嗄嗄……」

陽天這才意識到，雪山堡基地就如九龍城寨一樣，是靠著地底下的黑隕石能量維持運作。

「嗄嗄……神明系統每分析一個符號…所藏的過億條訊息，都需要阿水日以繼夜地作配對…才可轉成人類的文字……一個月前，我們成功翻譯出……呼呼……阿雷斯彗星……

的軌跡記錄……」

阿雷斯彗星的軌跡記錄？重華告訴過陽天，阿雷斯彗星通過木星附近的蟲洞出現在太陽系，可是這顆災星出現在太陽系之前，究竟越過甚麼星系及銀河，人類完全無法得知。

「那些坐標都超出了我們可知的宇宙範圍……」見道的淚水開始流下，說：「所以，我不惜大量抽取黑隕石能量……解開不可知的宇宙的真相……想不到……」

他哽咽起來，終於說不下去，但陽天已掌握到暗黑搜神局回家的真相，黑隕石產生異常反應，東方巫師的地標封印開始崩潰，通往高維度空間的天梯也會受到影響。

也許，印度分部的最後殺著，就是暗黑搜神局一旦回家，就引爆黑隕石能量，同歸於盡。

「你要不要回去補救過錯？」陽天一手扶起見道，堅定地說：「一起來，便一起走。」

因為在這時候，危險正逼近外面，二人無處可逃，只得面對！

午後的陽光照耀洞外的白雪，陽天和見道甫走出洞口，雪地的反光刺激眼睛，一時間看不清楚從雪坡上滑下來的過百道人影，到底是友是敵。

待二人回復視力，才發現眼前是一幅死亡來臨前的景象。

暗黑成員們張牙舞爪，鋪天蓋地而來，衝在最前面的，包括之前的紫獸異形和半機械成員。

陽天雙手泛起虹光，對見道說：「答應我，今天的壯舉，我們一定要活著告訴阿月和林英！」見道深呼吸，拚盡最後力氣，挺起掌心雷槍。

五行氣箭和子彈橫飛，剛把第一批來襲的敵人打倒，第二批便接踵而來，第三批也從後衝上。

陽天視線所及，已肯定敵人數量至少超過五百，五行箭氣為生存而連發，但身旁的見道這時絕望地垂下了槍，陽天正要激勵他振作，卻見新一批衝上來的敵人赫是支援部隊——一支被暗黑同化的支援部隊！

見道跪地抱頭，幾因絕望而崩潰。

陽天攔在見道身前，準備最後的殺著。

既然這雪山曾是諸神的戰場，他也要為後世留下一個壯絕的傳說，以生命推動體內的五行力量，發出同歸於盡的自爆攻擊，與滿坡敵人締造壯烈的結局。

雖然無悔，但有一個遺憾——羿的使命就差一步……

陽天用生命為代價的最後殺著，叫暗黑成員們變得更加瘋狂。

紫獸異形為搶先佔有這個人形能量體，不惜吞掉阻在前面的半機械成員。粉碎的機械零件從他口中不斷散落，這時距離陽天只差三公尺。

陽天計算當牠來到面前的時候，就是力量爆發之時。

兩者相距只得一公尺，見道開始看見死前幻象——

一個大個子人影在陽光下飛越雪坡和暗黑成員的密集人海，一隻比常人大九倍的巨型腳掌直踩在紫獸異形的頭頂，噗嚓！白雪上登時撒滿紫色血液和腦漿。

同時，那隻比常人大九倍的巨掌把陽天壓到地上，震出一圈波動，陽天反應不來，卻驚覺自己毫髮未傷，本來儲好的力量已被散去了。

突如其來的大男人抽掌挺腰，站直時昂藏八呎，全身皮膚隱隱帶點暗藍色，嘴裡不滿地吐出旁人難懂的古怪發音。

祂不滿雪山上發生的異常狀態，便從山下大踏步衝上山。

祂不滿凡人催動力量，挑戰接近神的境界，便一掌遏止他。

祂不滿這一場戰鬥，沒有祂的份，好歹祂也是諸神大戰的勝方一員。

見道扶起氣息紊亂的陽天，驚喜地說：「是祂！是祂！是祂！」

大男人的怒意轉成戰意，雙拳轟隆互撞，壯碩的身體左右再伸出兩對巨臂，全身顯出生物和機械融合的肌理和質感，六個拳頭握得咯咯作響。

上天下地只有一位神明配得上這副模樣，正是「天龍八部眾」的戰鬥之神，六臂阿修羅！

六拳互擊，恍如激昂的戰鼓、暴發的驚雷、至高的神威。

「這裡是梵天神的戰場，混雜的賤物，不配踏在這土地上！」說時，阿修羅通體靛藍，左腳踏前，六拳齊發。

陽天和見道躲在戰神背後，有如獲得最強的守護。

六個拳頭在風雪間狂舞，擊出慘叫、哀號和爆破聲，暗黑搜神局的成員如螻蟻一般被粉碎。

未幾，阿修羅打出一道開天闢地般的奪目亮光，把面前一切完全毀滅。

在阿修羅張開的六大神臂保護下，陽天終於回復過來，震撼久久無法平息，見道更是感動得全身顫抖。

威脅過去，阿修羅的戰意也隨之消失，回復原來大男人的形貌，眼神變得散渙。

突然，他抱頭痛叫，仰天指罵：「梵天！我、我到底是誰？」

陽天不顧一切走近大男人，問：「阿修羅，祢能帶領我們對抗災星嗎？」

大男人停止大罵，定睛打量陽天，卻越看越疑惑。

「……梵天的……走狗……」

陽天和見道呆在當場，那是甚麼胡言亂語？

這時，搜神局的運輸機從西方飛來，是不久前見雪收到陽天發的訊號，趕來救援。

大男人看見機身的黑隕石標誌，露出慌張的表情，屈膝起跳，一躍便飛越雪坡，離開了這個諸神戰場。

目送那巨大的背影消失，陽天感慨萬千，轉頭問見道：「你死而無憾了吧？」

見道仍然虛弱，卻抱著希望，說：「神明……給我彌補過錯……的機會，我不能死。」

回到雪山堡，見道下令暫停神明計劃，以修正地標回復正常為急務展開行動。

在見道休養期間，陽天和見雪共乘一輛雪地電單車，來到東面的雪洞，與阿水重逢。

陽天見他穿上印度當地的民族服裝，有點格格不入，而阿水一見到陽天，竟然歡天喜地叫著：「陽天回來了！陽天回來了！陽天回來了！」

陽天見阿水如此模樣，回想在城寨時的種種，恍如隔世，同時為不用再擔憂他往後的日子而安心。相聚半天，陽天臨走前大大擁抱了阿水一下，並對他說：「不知何時能再會，多多保重。」

離開雪洞，見雪對陽天說：「在我加入搜神局時，前部長在冥想中看見我前生是從月球來的，也就是姮娥，而你是羿，所以我上次才……」說後，陽天輕輕擁抱她，這是羿與姮娥必然的相遇。

三天後，見道可以下床了，便帶陽天來到武器庫，堅持要送一套弓箭給他作答謝。

在過百套弓箭中，唯獨掛在角落的四呎木弓，那樸實無華的工藝深深吸引了陽天。

也許，正是他使用過山族的原始弓，才明白弓箭延續生命的偉大。

陽天輕輕拉動弓弦，放弦時發出如撥琴般的悅耳聲，便問見道，這弓可不可以？

見道忽然閉目，雙手合十向木弓拜了三拜，才睜開眼睛說：「我爺爺的弓，就交給你了。」原來這是見道爺爺所用的狩獵弓。

陽天接過木弓，用小刀在弓柄刻上他的初衷：要有射下太陽的勇氣。

二人作別時，見道認真地說：「陽天，我的命是你的。有需要的話，便拿去吧。」

陽天只是笑了一笑，回應：「我養不起你啊。」

陽天離開印度分部，卻不打算再到台灣了。

因為不知何時又會隨時喪命，作為羿，陽天要先為自己屬意的姮娥辦妥那件事。

一九九八年末，陽天終於啟程前往《山海經》中的昆侖山。

城寨之王

第6回

MMXII

翌日中午，九龍寨城公園已變成高度危險地帶，方圓三公里內的市民被當局以有毒氣體洩露為由，即時撤走。

過萬名潛伏在香港的暗黑搜神局成員，意識被一人的力量接通，從四面八方前往這個城寨原址。

太陽下山後，月漸亮，卻由銀白變成暗黑。

月下，他們在公園列隊，靜待站在中央入口的召喚者決定。

陽昭身前橫放著一個培植槽，春風正「安睡」在內。

「我們要建立一個『家』，大家都是一家人，不需要潛藏，不需要鬥爭。我們的一切都會奉獻給這個大家失去已久的家。」

陽昭舉起青銅棒，它一直掙扎顫動，拒絕他的要求。

他狠狠一瞪眼，運起永生不滅的望月之力，強行壓制青銅棒的反抗，終於令它分裂成過萬塊碎片，每一片都飛插進暗黑成員的思考中樞。

不論是脈搏或機械零件，萬人的律動逐漸變得一致，開始感到彼此之間的和諧。

同時，他們腦海皆浮現出一個新家的形象，那是偉大的，傲視天下的。

他們接受了陽昭提出的契約，成為這個家的家人，並尊崇他為王。

為了建立這個新家，家人們願意獻出所有的力量及技術。

五千名家人集結起來，通過一小時的思想交流，終於達成共識，就是通過外星異形的科技，收集這一帶地區的五行物質，於三小時內重建一個牢不可破的九龍城寨機動堡壘。

為了創造這偉大的機動城寨，必須同時製造大量鑽頭，不顧一切向地底探索，汲取巨型黑隕石的龐大力量。

陽昭心想：「靈石定這裡為坐標，就是因為地底有巨型黑隕石，那是一切爭戰的源頭。」

當鑽頭深入地底一公里時，已經超越了笑面虎當初能夠觸及的範圍，那裡的岩層蘊含了大量黑隕石碎片和氣化黑隕石，以鑽尖直接吸收，再輸出至地面，一點一點聚成黑色混沌的城寨核心。

另一方面，過百位擅長生命工程學的家人圍在培植槽四周，像蘇格拉底時代的辯智學者般，討論拯救春風起死回生的方法。

起死回生，是逆天而行的禁忌。

由零至一，從無而有，需要堅定不移的信念，將不可能化作可能。

未幾，過百位家人採取各自的方法，同時把難以說明的力量和藥劑注入培植槽內。雖然之前對春風不受用，但陽昭還是運起望月之力，伸出右手放在她的心臟上。

能用的手段都用上，專心一致，不敢多想。比起天地萬物，春風就是一切。

三小時後，暗黑成員陸續耗盡心力，一個又一個倒下來，只餘下七十多位。

陽昭的右手掌心終於微微感到一下跳動。春風產生了一下心跳！

在這值得大喜的一刻，陽昭發現那座已在地圖上消失的九龍城寨正逐漸成形，一幢幢大樓變得實在，一點又一點光陸續亮起來。

此刻，他成為了城寨之王。

城寨外二百公尺的球場上，向明月抬頭仰望，百感交集。兒子竟然重建了這個禁忌的建築群，更故意保留一九九四年拆卸前的原貌，加上超越人類科技的機動設施，成為舉世無雙的奇蹟。

那是為了挑戰曾經不容它存在的組織，還是建立驚世的暗黑勢力……？

不論如何，她感到愧疚。

一小時前，見道聯同亞洲總部的異人們，乘搭巨型運輸機抵達，並以這地方作為臨時的作戰據點。

「這一戰無可避免。」見道來到向明月身邊，他已得知孫行土壯烈犧牲，故在右臂纏上黑帶以作悼念。

「多個分部正循海、陸、空三路，攔截暗黑搜神局，必須在廿四小時內平息這次危機，否則那些潛伏在我們看不見的地方的邪惡勢力，就會乘亂而起。」

向明月聽陽天說過，地球的地底下有蜥蜴人，大海下有魚人，大氣層間有肉眼看不見的飛行城堡。

這時，她回望四周，生活在這城市的外星異形陸續出現，已聚集了過千助力。既有丈夫生前的友好，也有城寨的居民。

作為城寨居民代表的小男生拿著一樽可樂，說：「先旨聲明，我們是來取回城寨的尊嚴。生與死，不關搜神局的事。」

向明月感動得有點眼紅：「我⋯⋯真的對不起大家。」

見道微笑搖頭：「沒事沒事。除了大嫂您，關心您兒子和春風的盟友也剛來了。」

踏入零時，一團金光悄悄降落在城寨。金光消失，現出兩個與陽昭差不多年紀的男女。男的身穿配備光學幻彩效果的黑色虎形戰衣；女的則穿上貼身白色戰鬥服，由於沒有戴上平日那副厚片眼鏡，幼幼鼻樑上的雀斑更加清晰。

在搜神局的異人名錄中，二人正是馬來西亞的「虎將」和「金山公主」。

二零二零年九月初，陽昭轉校到馬來西亞吉隆坡某大學，認識了兩位當地朋友：林康柏和羅珊珊，雖然在相識初期，陽昭仍放不下自己懷有異能的心結，不過命運弄人，他這兩位朋友皆成為了新一代異能英雄。

經過了虎將與宿敵犬牙王之戰，加深了這三位擁有異能的年輕人的羈絆。雖感到救世責任重大，但他們曾經承諾過對方，將會立定決心面對未來的種種挑戰。

為了協助陽昭成長，林康柏派出了義妹春風陪同返回香港。

可是，虎將萬萬沒有想到，好友會釀成這樣意外的發展！

在豎立著過百支魚骨天線的天台，虎將解除了戰衣的光學幻彩效果，故意暴露出自己的行蹤。果然不夠五秒，就見那位久違的朋友出現在隔鄰三座大樓的天台上。

虎將曾從義妹春風的匯報中，得知陽昭五行氣箭的力量，他今天或能一睹厲害。

「還我春風！」

虎將收起心底內的迷惑、不安和憤怒，振臂高呼，戰衣亮起閃動的橘色虎紋，單手反握八吋長的虎牙短刃。

陽昭雙手運起五行箭氣，卻發現一條又一條金色藤蔓纏上身體。

「對不起，陽昭同學……」一把女聲在背後響起，果然是金山公主。

陽昭冷不防被金藤糾纏，更感知到記憶中的祕密正被盜取，連忙奮力掙脫。

虎將急快撲上，虎牙短刃在陽昭面前拉出一道彎月——陽昭啊，你是敵是友？

陽昭的回答是右手化出重金箭，硬拚由遠古冶煉技術鑄成的虎牙短刃，迸發出灼熱的星火。同時，他左手發出一記虹光箭，直追趁機拉開距離的金山公主。

然而箭尖半途遇上一朵祥和的金花，五行氣被瞬間化解，並以此為滋養，又衍生出過百朵金花。這正是金山公主融合植物特性的異能。

其中一朵，飄向金山公主從陽昭記憶中窺見的目的地……

就趁虎將與陽昭酣戰之時，金山公主追隨金花越過數幢樓接樓的天台，縱身飛降，地面是聚集了七十多位暗黑成員的培植槽前。

半空中，金山公主高舉雙手，綻放了一朵特大的金花，大力揮下，目標是槽中的那位沉睡少女。

金花飄落在少女身上，力量的波動誘發她產生了第二下心跳，四周的暗黑搜神局成員驀見這反應，便把握這關鍵一刻，竭盡所有力量傳送到春風身上。

戰鬥並非金山公主的強項，她的特技是治療及復原。為救春風，她也願意像暗黑成員那般傾盡所有。

互拚十多招，虎將終把陽昭擊退三公尺外，二人對峙，即將進入生死相搏的階段。

然而，虎將先放下了攻擊架勢，希望好朋友能及早回頭。

攻或不攻？陽昭無法計算出結果，他的心太亂了。

他警覺著身周每一秒的變化，夜風在吹，氣息在流，忽然有一陣惦掛的氣息正從背後靠近，叫他難以立時判斷真假。

猛然回頭，本該已經死亡的愛人，從危險萬分的天台邊緣慢步走來。

面色回復淡淡嫣紅，秀髮依舊於晚風中飄揚，這絕不會是幻象，她醒來了！

陽昭欲上前擁抱這位從死亡回歸的愛人時，卻被她伸手攔阻。

怎麼了？快回來我身邊，我需要妳啊——但陽昭沒勇氣說出來。

春風靜靜地來到二人之間，淒然說道：「⋯我不能再做你的蘇格拉底了⋯⋯」隨即移步回到義兄虎將身邊。

金山公主氣喘喘地從後追上來，臉色有點蒼白，說：「陽昭同學！我們不是約好，一起對抗滅世的命運嗎？你現在為何會⋯⋯」

話未說完，她的身體已支持不住倒下，幸好虎將及時扶好她。

縱使陽昭心裡有千言萬語，嘴裡卻是狠心的一句：「⋯我都忘了。」

「那麼，我也該忘了。」春風對陽昭也決絕起來：「你為我做了很多事，我感謝你。只不過，也有很多事，是我自小所知的正義所不容的。」

二人無言對望，最後，春風轉過身去，長髮輕揚，沒有回頭地走了——陽昭這時會是何種表情，她是知道的，但她不忍見。

這一別情至義盡，陽昭只能把自己該有的激動和失落都狠狠地鎖在心裡，絕不容許愛人看穿。

「快走啊！快走啊！快走啊！」陽昭在心底裡叫得撕心裂肺，為的是不願再讓愛人受到傷害，任由三人離開，也等於放過自己。

虎將臨行前留下了一句話。

「日出時份，再見面就是敵人。」

這代表著，搜神局即將總動員進攻九龍城寨。

比起虎將的宣戰，春風的話，猶在陽昭耳中。

直至三人身影消失之後，陽昭才釋放鎖在內心的激動和失落，它們卻不願離開，並慢慢開始形成「痛」。

他的心被比虎牙短刃更銳利的孤獨感插至沒柄，但沒半滴血流出來。

這份名為孤獨的痛，傳遍了整座城寨。

城寨外，搜神局的人馬和盟友已分成不同陣營，總數約二千人，準備於日出時份對抗城內的二萬名敵人。

春風甫進入搜神局運輸機，便見師父林英、亞洲總部長見道以及憂心忡忡的向明月，大家對她回歸，都放下了心頭一塊大石。

還有她最重要的三位妹妹：硬朗的夏雨、機靈的秋霧和本來下身癱瘓的冬雪，她現在已經可以靠支持腿部的機械關節行動自如。四姊妹一別兩年多，終於重聚。

「有金山公主在，叫我這醫師來幹嘛？」林英交臂打量這大徒弟上下：「春風，要跟我回去嗎？」

春風知道此話語帶雙關，便收拾心情，以「夜貓小隊」隊長的身份宣告：「夜貓小隊，隨時候命，虎將請指示！」

虎將輕輕點頭，欣慰地說：「歡迎回來。」

此時，向明月主動來到春風的身邊，說：「春風，我待會也要去。除了陽昭的事情，城內的坐標也是大麻煩。」

靈石被消滅之前，鎖定了九龍城寨的原址為坐標，引領阿雷斯彗星，二零二三年的滅世撞擊就從這個地方開始。

向明月自信可利用月相力量找出坐標，並將它消去。

春風拿不定主意，便問師父林英是否批准向明月的要求。

林英想了一下，知她救子心切，便點頭回應：「月夫人比妳師父厲害，妳們四隻小貓不要成為她的負累才是。」夜貓小隊四人聞言，對向明月敬禮。

金山公主雖然在剛才損耗了不少，異能只餘下七成，但仍然壯著膽子舉手，小聲說：「還有我⋯⋯還有我。」

距離日出還有六小時，就在眾人各懷心事，做著明早戰鬥的準備時，機動城寨卻突然發生異動，從地基開始放肆地「成長」起來，像細胞的自我增殖一般，瞬間升高五十公尺，比原來高出一倍。

陽昭站在城寨最高的天台上，背後凝聚著一團高約一百公尺的黑色混沌物質，不斷向天空伸展，扭曲形狀，最後現出實體，化成一座黑色高塔。

那高塔象徵的答案，只有一個。

虎將難以置信：「……是巴別塔？」

見道：「太瘋狂了，他要向天挑戰！」

在高塔下，陽昭召來一個大頭顱的家人。大頭顱的左手聯繫城寨之王的思考，右手則接觸高塔，讓高塔發射量子信號到大氣層以外，接通人造衛星，向宇宙和世界同時傳播城寨之王的訊息。

「與搜神局為敵的異能人，都來到我的面前。」

不消一分鐘，整個世界都騷動起來。有聞言亢奮的，有放棄原來身份的，有渴望立即來到陽昭跟前的，亦有恥笑他不自量力的……

五小時之後，從地球以外也傳來反應。

陽昭了解見道的策略，就趁日出前，讓機械城寨成長至極點。

曙光將現，決戰快要展開。偏偏在這時候，城寨的中央地帶，以往沒有興建大廈的凹陷空間，出現了一個穿著破舊皮革大衣的男人，身上纏著無數十多公尺長的布條，就連面目也被掩蓋。

長長布條在風中揚起，無臉也無名。

只有少數暗黑搜神局的家人聽過此人的外號——「無名客」。

他是受到城寨之王的召喚而來的嗎？

包裹臉上的布條留有一道隙縫，露出一雙絕世出塵的眼眸，仰望天台高塔下的陽昭。

陽昭也俯視無名客，一眼便看明白，他的力量可能超越了萬千家人。

但，無名客會是家人嗎？

第七回

不死藥

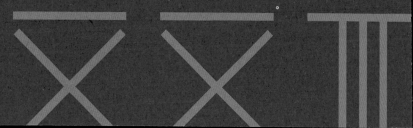

據《山海經・大荒北經》記載：「西北海之外，赤水之北，有章尾山。有神，人面蛇身而赤，直目正乘，其瞑乃晦，其視乃明，不食不寢不息，風雨是謁。是燭九陰，是燭龍。」

一九九八年十二月廿四日晚上，寧靜的平安夜。

她披上駝色大衣，來到英格蘭那個被譽為「歐洲最大的人工湖」的湖泊邊緣，抬頭望著萬里無雲的天空。綠色的燭龍在空中飛舞，這是燭龍於夜空舞動最澎湃的時節。

是她的愛人告訴她，《山海經》提及的北方龍王「燭龍」就是北極光。

她不禁潸然淚下，既因為觸景生情，又因為此刻無月，她才可以安心惦記愛人。

他是不是正與別的女子，溫暖地慶祝這普天同慶的日子呢？

好不容易，陽天來到了羿修行的終點——昆侖山。

它位於西南之海，流沙之濱，赤水之後，黑水之前，一個三面環水，一面環沙的地理位置，《山海圖實考》所示的地點，正是埃及的「勝利之城」開羅。

開羅郊區的吉薩高原，有一個古文明建築群，曾被歷史學家認定這是人類文明的始源。

陽天看到了經歷風沙和戰火五千年的獅身人面像，想起《山海經・大荒西經》記載，昆侖山附近「有神，人面虎身，有文有尾，皆白，處之。」

昆侖山並不是山，而是一個類似象形文字「山」的三座金字塔，依大至小為胡夫金字塔、卡夫拉金字塔和孟卡拉金字塔，皆建於約公元前二千七百年的埃及第四王朝。

「塔」是古代人為了通天而搭的建築物。要像周朝的穆天子般拜見昆侖西王母，陽天就只得爬上塔頂。

午夜，陽天爬到一百四十公尺的胡夫金字塔塔尖。塔尖之上，才是西王母的宮殿。

依古代巫師的提示，先要找到地標，舉行儀式或奉上祭品，才可攀上天梯進入神界。

陽天舉起四大兇獸的證據：猰貐爪、封豨皮、修蛇鱗和大風翎。

「我陽天，現世的羿，此刻來求西王母的不死藥。」

既然初代的羿做得到，他自信也可以，才會展開長達四年的獵獸修行。雖然他還欠九嬰和鑿齒的證據，可是男女感情不容拖，他不會忘記她，但她可能早就另有所屬。

不久，從夜空射出一道光柱，直照立在塔尖的陽天。光柱不刺目，但慢慢分解陽天的祭品和身軀……

《山海經．大荒西經》：「西南之海，流沙之濱，赤水之後，黑水之前，有大山，名曰昆侖之丘。」西南之海是大西洋，流沙之濱在沙特阿拉伯沙漠附近，赤水是紅海，黑水則是利比亞附近一條如今已經乾涸的河流，因此昆侖之丘即是非洲的埃及開羅。

當陽天再次開眼時，發現自己置身一座宮殿，天花板、地板和牆壁都是鮮艷彩繪，中央的黃金王座上是一位法老王打扮的妖艷女人。

男法老主持人間的政權，真正的權力仍握於女法老手上。

陽天心想，這就是穆天子拜見的西王母？

「誠然。」西王母讀取了陽天的思想，傲然說：「你的所聽所見，不過是透過大腦的理解所想像出來而已。」

陽天一時未能理解，便聽到西王母的揶揄：「故事書中的神話英雄，又豈能理解閱讀者的世界呢？」

陽天靈機一動，衝口而出：「這裡是高維度空間？」話畢，才驚覺自己的渺小，不禁對座上的西王母抱拳敬禮。

西王母回答：「可以是，也可以不是。這裡是介乎帝釋的神界與人類的地球之間的位置。」

西王母玉手一揮，四大兇獸的證據浮現在她身前。

《穆天子傳》記載「吉日甲子，天子賓於西王母。乃執白圭玄璧以見西王母」，描述周朝第五代天子穆王求見西王母，贈送絲綢等物品，還參觀了西王母的宮殿。以周王國的國力，根本不可能屈尊於一個小國，只能說西王母應該比周天子更高一級，在當時的地球上，也只有古埃及的政權符合。

陽天躬身拱手說：「雖然只有四獸，但願能求得不死藥。」

西王母大笑三聲，才頷首說：「不，六獸的證據都齊了，另外兩件比你早來。」

陽天驚愕不已，只見眼前一點血色的水滴和一支三呎長的獠牙，正是九嬰的血淚和鑿齒的長牙。到底是誰比他早來？

西王母繼續說：「現世的羿啊，以你的勇氣，大可求無限智慧，擺脫人類的限制，來回昆侖與人間。」

無論這是不是考驗，陽天只是跪地明志，誠心說：「我只求不死藥。」

「愚昧的羿，不死藥早就給你了。」西王母一揚手收回六大兇獸證據，說：「由你進入這空間的一刻，便已在你手上。我只是想見見你是何許人而已。」

陽天將信將疑，伸手一看，只見一點白色光芒浮在掌心。這就是不死藥，原來傳說中三千年結果的蟠桃，也只是凡人的想像而已。

不死藥的功效有二，但只能擇其一。

一是不死成仙，擺脫人類的限制，轉化成高等生物的身體；另一是對抗死亡，視乎服藥者的體質而決定會否出現後遺症。

「既然願望已成，羿你願意留下來享受一夕風流嗎？」

西王母說罷，突然有十多位美艷女子捧著美酒佳餚，從宮殿兩旁魚貫而出，散發各種撩人情慾的花香，重重包圍著陽天。

陽天霍然站起，目不斜，心不亂，對西王母行禮說：「心願已了，告辭。」

西王母對此開懷大笑，揮起右袖一撥，送陽天回到人間。

臨行前，西王母又贈他一個提示：「為你鋪路的那頭兇獸，正在塔下的城內。」

翌日黃昏，開羅的金字塔路上隨處可見各式酒吧，路的盡頭就是著名的金字塔區。

在最接近路盡頭的一家酒吧，靠在打開窗戶的小圓桌上，那個仿古雕花的金屬煙灰缸堆滿了煙蒂。

一位左眼帶傷的客人點燃兩支香煙，一吸一呼，灰飛煙散。

地球的氣候和地球人的情義會軟化他的本能，他需要尼古丁來維持體內的殺性。

沒有人知道，他希望把其中一支香煙分享給他認定的生死夥伴。

真巧，那夥伴剛剛來到了……笑面虎遞上一支香煙給陽天。

不一會，酒杯滿桌，笑面虎捏爛沒有香煙的煙包，撫摸左邊的嘴角，才敢放心大笑，並對陽天說：「哈哈，這個人類皮囊挺合用啊。」

陽天見笑面虎依舊談笑風生，便問他是如何找到那兩樣兇獸證據。

「那獠牙，是我從死去的同類身上拔出來的。一年前你在泰國那邊的時候，我就在澳洲的沙漠遇上了他，可惜已經是一具死了過百年的乾屍，可惜啊。而那滴九嬰的血淚，算是我跟他借的高利貸，雖說我們六大兇獸族群在遠古時代已經結盟了，但他的利息超高，我走路也還不起！」

對方一直把握著自己的行蹤，令陽天有點錯愕。

笑面虎笑言：「我這麼多年一直在度假，偶爾暗殺貴局的特工來測試復原進度，現在的我有足夠能力取回西天王的位置，可惜九龍城寨早就拆了。」

原來是他！陽天狠狠乾掉手上那杯烈酒，往桌面重重一擱。這些年來，很多特工在探查世界各地的黑隕石時遭遇不測，往往是笑面虎扮演在後的黃雀，殺人取石。

到底陽天該視他為恩人，還是敵人？

突然，笑面虎伸手拍拍陽天的肩膀，說：「清空了笑面虎的寶藏，打倒隱形強敵，好傢伙，你真的行啊！」陽天所做的一切，都是笑面虎的原意。

陽天疑問：「你有沒有想過離開地球？你手上應該擁有不少黑隕石吧……」

笑面虎用手擦擦臉皮，答：「要前往高維度空間，除了需要足夠的黑隕石能源，我還欠一場重要的儀式——」

羿決戰六大兇獸！

重要的儀式有很多種，如尋找一組充滿黑隕石能量的祭祀神器，但決戰兇獸是陽天不可逃避的。

笑面虎神情自若地說：「你這幾年的獵殺行動引起了兇獸族群的關注。所以，其他五隻外星原種已答允我的邀請，從天外前來。」

原來陽天所滅的四獸，只是生活在地球的遺裔或亞種而已。

「六大兇獸是好戰的掠奪者，都關注著地球這個可以收集大量黑隕石元素的地標，例如：從城寨地底下的巨型黑隕石取出高純度的能量——」

「不可能！」自己的修行竟然會引來更大的危機，陽天心裡開始混亂，到底笑面虎有何信心十足的把握？

笑面虎慢慢讀出四個字：「時間隙縫。」陽天一愕。

「一九九九年九月九日九時九分九秒……我們打開時間隙縫，前往過去巨型黑隕石墜下的時間點採集，就是這麼簡單！」說罷，笑面虎叫招待員送上兩大杯啤酒。

陽天不發一言地思考，人類生存於三維空間，加上時間變化，就是四維。

可是，時間是不穩定的，一端受到干擾時會引起另一端的波動，往往會在不可預知的時間點出現隙縫。只要進入那隙縫，個體便可以縱橫在時間洪流之中。

集合六大兇獸與搜神局兩方的力量，是否可以打開時間隙縫，讓所有恩怨在過去的戰場了斷，決不影響現實世界？

笑面虎主動向陽天碰杯，說：「否則，外星兇獸齊集香港，所引起的大災難，全城六百萬條性命恐怕……」

陽天冷冷地問：「時間洪流，有去有回？」

笑面虎一口氣乾掉大杯啤酒，站起來扭動坐得太久的腰盤，離開前才回答。

誰知道？

無名客

第8回

MMXII

日出將至。

選這個時刻出動，是因為陽光可以削弱部份暗黑成員的特技。

「大嫂，抱歉了。」見道對向明月說，意味著搜神局即將進攻九龍城寨。向明月心裡有打算，正欲叫喚春風之際，看到在微亮的晨曦中泛現點點弱光飛舞，赫是夜行性螢火蟲。

不到十五秒，數不盡的螢火蟲從四面八方飛來，包圍九龍城寨。

螢光有節奏地閃動，那是螢火蟲遇到危急時的警戒。

就在此時，有人走近了運輸機。眾人見那是一位戴眼鏡的男生，年齡乍看來似是剛大學畢業，白色恤衫，一條咖啡色九分褲，雙手抱著一本書，是但丁的《神曲》。

「敝姓寧，想向見道先生借三十分鐘。」

根據搜神局的異人名錄，以書本和螢火蟲為伴者只有一人，正是台灣的「夜照師」寧景天。夜照，就是螢火蟲的古名之一。

從不主動參與搜神局行動的夜照師，竟然在這時候出現，難道他也是受到陽昭的召喚而來的嗎？

眾人之中，只有虎將曾在二零二零年末，與他聯手解救了一場台北市的滅城大災禍，因而惺惺相惜。

事後，礙於夜照師的個性內斂，二人少有聯絡，但虎將絕對信任他是好夥伴。

虎將急問：「寧店長，究竟為了甚麼？」

夜照師點頭示意他別急，環視眾人，語調尋常地說：「『無名客』已進入城內。」

無名客？搜神局對這人物的資料不多，只知他身份成謎，出現時間和地點不固定，就連神明系統也追蹤不到他的行蹤。當然，世上異人無數，他只是罕有紀錄的其中之一。

見道問：「無名客有甚麼行動？」

夜照師的語調依然尋常：「他做他的事。信任是一種力量。」

虎將對見道說：「信他吧，愛讀書的人絕對不是壞人。」

見道沒有多問，下令總攻擊延遲三十分鐘，就當多一點時間部署。他心忖，無名客能隻身入城，實力至少不下於虎將。

夜照師見事成，便靜靜坐在一旁，開始看書。

他身邊飛來了過千螢火蟲，砌成一個電子數字錶板，從「29:59」開始倒數。

金山公主好奇螢火蟲何以懂人性，虎將伸手攔著她上前打擾。

可是，春風卻來到夜照師面前：「喂，你有看過蘇格拉底的書嗎？」她懷疑這個人。

夜照師聽到自己喜歡的話題，說話變得爽快：「蘇格拉底沒有寫過任何著作，只有他最優秀的弟子柏拉圖將他的思想及與他人的對話做了許多記錄，匯集成《對話錄》，留給後世一個哲學寶庫。然而，他本人的一生何嘗不是一部珍貴的書籍呢？」

春風點頭，心想如果當天晚上，他也在那家書店，必定有精彩的討論。

城寨內，無名客全身上下都是凶器。

來襲者不管是暗黑搜神局、異人魔物或外星異形，嗖！嗖！嗖！無數布條揚動，將包圍的敵人分成兩半，一重又一重，堆滿了陰森的窄巷。

他要殺出前往城寨之王的路。

螢火蟲錶板，倒數至「12:49」。

向明月坐上春風的電單車後座，夜照師主動前來。

「『你的至親下了罪業盈滿的地獄，還是希望飛向憧憬的天堂。』」

夜照師忽然唸出這段說話，向明月和春風似有所悟。

終於，無名客遇到高塔下的城寨之王。二人的距離，只有十步之遙。

「無名客，對吧？」陽昭也從大頭顱的腦中搜尋到來人的資料，他二十年來在世界各地不停移動，時而活躍，時而隱伏。

直到這一刻，雖然損失了千多位家人，但只要得到他便足夠了。但，他真的會是家人嗎？

無名客的一雙眸子視萬物如塵土，身上的布條卻越來越激動。

他每走近陽昭一步，陽昭心中的月亮就彷彿被他的眼神侵蝕一分。

「你來取代我？」陽昭只能得出這個答案，隨即催動注入晦月之力的五色箭氣。

同時，無名客也出手了。他儘管剛才已殺敗過千對手，但仍故意留有兩招給這位城寨之王。

第一招，無名客化成比惡鬼更惡的獠牙惡使，右手握拳利如寶劍，左腳橫揮猛如鋼鞭，赫是「夜叉的拳法」！

面對無懼萬物的勇悍，快絕無倫的攻勢，陽昭不硬接其鋒，側身閃走，無名客依然勇往直前，完完全全擊向高塔，結結實實打裂黑石材質的塔身。

啪啦啪啦，裂痕從下而上直奔高塔的上半截，發出喀隆巨響，高塔頂端轟然塌下，壓毀機動城寨的半幅高牆，露出仍在不斷運作的機械設備。

巨大鑽頭已鑽入地底下三公里，機械急劇運作，發出熾熱高溫。

陽昭和無名客皆落在鑽台的金屬平台上，二人之間依然是十步之遙。陽昭要突破這個界限，無名客也有這個想法。

無名客催起力量，左步大踏向前，振起兩拳，深深吸氣準備第二招。

陽昭運起五行合一箭氣，直貫雙手十指，扯動身邊的五行元素，踏步衝前，十條虹光氣箭全中無名客胸前，並破背而出，鮮血於亂飛的布條中四濺。

可是，無名客受傷仍不退讓，向陽昭正面發出一聲怒吼。

吼聲響徹城寨內外，驚醒沉睡的靈魂，赫是「阿修羅的憤怒」！

然而，怒吼並不只來自嘴巴，也來自拳頭。

怒吼過後，無名客的右拳停在陽昭面前。

因為剛才的怒吼而短暫失聰的陽昭，彷彿聽到了一記清脆的銅鐘聲，當鐘聲消去，萬籟俱寂。

陽昭慢慢聽到隱藏在自己內心不敢面對的說話，破開自己一層又一層的內疚，展露人前，並由無名客沒帶半分感情地宣讀出來。

「為了增加對抗災星的力量，你不惜走上黑暗之路。」

一直以來，搜神局傾盡人力物力對抗暗黑搜神局，在重要關頭時，陽昭竟然在多種因緣際會下，與這些暗黑成員聯繫起來。只要能好好控制他們，黑暗勢力也會是守護地球的力量之一。陽昭可以成為他們的中心，建立一個新的家，重新組織起來。現在只是開始的第一步，陽昭不容別人看穿他的目的，阻礙此事發展。

既然無名客不是同路人，陽昭便一揚手，向家人們取回他的武器。

過萬塊青銅碎片立時從家人們的身上飛出，從四面八方聚集，途中不斷分裂及組合，回到陽昭的手上時，已是一套三足烏弓箭。

面對陽昭手執古蜀國的最終武器，無名客並沒有甚麼訝異。

第九回

生命中的羿

一九九九年元旦日中午，陽天回港。

下機時，腳下已不再是當日離開的啟德機場，而是落成快兩年的赤鱲角機場。

雖然回到自己的城市，陽天卻有點陌生，不斷打量這個新機場，不慎碰到一位空中小姐，是一位染啡色長髮、眉目清秀的少女，穿著紅色外套，微笑時嘴巴露出了左邊一顆可愛的虎牙。

四目交投，陽天竟然有了與向明月重逢的感覺。

少女也像看見老朋友一樣，溫文有禮地問：「先生，對不起，你沒事嘛？」

世上有不少姮娥，陽天心想她或許是其中一個，只是仍未遇上生命中的羿。陽天回答沒事，少女點頭微笑，繼續前行，但還是不時回望陽天。

他覺得有點溫馨，便目送她離開，直至她經過另一個穿著駝色大衣的女人身邊，他突然有一種奇妙的預感，忍不住追上去，打一照面，赫是比以前添上一絲成熟韻味的向明月。

二人相對無言，只因千言萬語皆塞在喉頭。

點石齋的店門，大多數時間都是掛著「休息」的牌子。

孫行土坐在酸枝長椅上，看著門上的牌子，心想這一次真的要休息一段日子了。

自陽天離開之後，孫行土也辭任了警察，專注搜神局的工作，即使一個人費盡心力，但他仍抗拒加入新成員。

偶然會有從其他分部派遣來的新人，協助改建地下室的設備，例如實驗室和特訓場等等，即使他們勤力聰敏，但還是不合孫行土的脾性。

有誰可以跟他天天吃潮州打冷？有誰可以跟他如玩命般完成任務？

一星期前，孫行土整理其他地方的異能人士資料時，發現只有台灣一片空白。於是，他打算去自駕環島遊，探索當地的異人和黑隕石。要花一個月？還是放任地去一年半載呢？

這時，一陣推門聲打擾了孫行土的思緒，他下意識望向店門那邊，然後整個人從長椅上彈了起來。

「老孫，新年快樂！」「Happy New Year！」

「你們……你們怎麼會……」孫行土激動得說不出話來，這對日思夜念的男女、這個回家的畫面，是他多年來一直的盼望。

孫行土立即出外張羅慶祝用的酒食，而陽天和向明月則忙於整理小閣樓。幸得老孫有定期打理這丁方百呎的小天地，二人很快便將它回復原來的模樣。

陽天把見道所贈的狩獵弓掛在牆上，一邊回憶一邊說：「這是我修行的最大收穫，它代表了我的初心。」

向明月驀地從後抱著陽天，低聲地說：「原來，在地球上沒有可以逃避月亮的地方……除非離開地球，但……」她說不下去，開始哭起來。

陽天轉過身抱她入懷，撫著那多年沒感受過的柔軟觸感，輕聲地說：「回來就好了，回來就好了。」

今天是新年的第一天，陽天和向明月決定由這一天重新開始。

翌日，陽天偕向明月到李小龍故居附近，那間充滿茶香的古雅大宅。

自九龍城寨拆卸五年以來，城寨四天王再度聚會。要談的，是今年九月的一場大戰。

陽天慎重地強調：「六頭兇獸，時間隙縫，可能只是一趟單程路。」

彭博戴著白薔薇手套的雙手不斷拍掌，大喜：「太好了！笑面虎，他沒死啊，我終於可以會一會他！」他從沒忘記十六歲那年在啟德遊樂場正門遇見鑿齒的幻象，這是一個機會，讓他清除留在記憶裡的恐怖經歷。

重華表示沒所謂，只是疑問：「我們何來六個人？」

秦豪插口：「陽天，你不要算上我，我這老骨頭不行了。」他快八十二歲，仍是中氣十足。

重華笑說：「那麼，一切善後工作交給你。」秦豪拍胸口答應。

陽天笑了一笑，數著手指說：「搜神局有我、老孫、見道和你們兩位……五位。」

彭博指著在旁飲茶的向明月，說：「還有妳呀！」

向明月「喔」了一聲，然後伸手朝向窗外。

彭博無法忘記這個女人的月相之力，便拔掉手套，隨時準備還擊。

重華既擔心也期待，多年不見，向明月的月相力量到達何種境地？可是經過了十五秒，也未見她手上聚到半分能量，只見她喝過一杯工夫茶，微笑說：「失效了，用不出來啦。」逃避了五年多，她已學懂擺脫月相。

彭博大喊三聲「失望」，跌坐在椅上陷入沉思。重華問他幹嘛？

「如果大家一去不回，二零二三年，怎麼辦？」彭博道出他的憂慮，說：「我在想，有沒有甚麼方法能保證大家回到現在的時空，希望我的客戶服務部能支援得到。」

客戶服務部，就是彭氏企業旗下的外星異形員工，也是保衛地球安危的一份子。

一九九九年，是預言中的世紀末，也是不少典籍所指的滅世之年。自然嚴重破壞，社會道德淪喪，戰禍頻生，人心惶惶。滅世預言中的恐怖大王，真的會在七月從天而降？

在這異象紛亂的一年內，不可能的事情也會發生。

三月某清爽的晚上，陽天與向明月騎著電單車夜遊，目的地是氣氛浪漫的赤柱海灘。正當電單車高速駛過沿海的馬路時，陽天發現懸於海面的下弦月，竟然在五秒間由銀白變成黯黑。

接著，從他背後傳來了一股難以忘懷的可怕力量。

電單車失控飛越馬路的欄柵，直墮路邊的石灘上。

陽天在半空中飛撲，在海邊的石堆上一個翻滾，只擦傷了手臂，連忙撐起來大叫：「阿月！阿月！」

只見向明月坐在不遠處的大石上，表情冷傲，右手上下擺動，在黑月下把弄浪潮。

「晦月之相」重現在向明月臉上，彷彿告訴陽天：即使六大兇獸合力，也難敵她的月相力量。

作為姮娥，即使學懂了擺脫月相，但月相卻從來沒有離開她，只是一直伺機覺醒。

陽天慢慢走近向明月，她突然在二人之間張開一層半月形暗淡光暈，化成一個力量澎湃的保護網。

向明月無言警告，只要陽天敢踏入，就會被弦月之網壓成飛灰。

可是，陽天依然不惜一切地前進，一邊全身承受月相之力，任痛楚如千刀萬剮，也要走到向明月身旁。

此刻的他不是勇者、戰士和英雄，只是想做一個普通男人該做的事。

既是輕於鴻毛，也是重若泰山，一切就在他的右手。

這一刻，向明月望向陽天，他手上拿著一個小錦盒，不斷大叫：「阿月，嫁給我！阿月，嫁給我！」

小錦盒內的不是求婚戒指，而是昆侖西王母的不死藥。

在「羿和姮娥」的宿命裡，沒有不死藥，就不能達成「射日之羿死於地球，姮娥奔月不死」的結局。

向明月內心紊亂，不敢相信陽天明知宿命難改，也不惜一切去獲得不死藥。

「我陽天會永遠陪伴妳一起，一起研究三星堆文物，一起解開古中國的神祕文化，一起生兒育女，一起終老……如果日與月下世再遇，陽天也願意守在妳左右。」

陽天沒有忘記一九八七年那天，在一片殘垣敗土的死巷，為太陽與月亮的愛情立誓。今天晚上，他真心誠意地一字不漏再說一次。

向明月心亂如麻，右手在背後輕輕握著，開始不敢正視陽天。

未幾，她臉上的晦暗盡散，弦月之網也隨之消失，壓力一除，陽天突然跪地。

向明月淚流披臉，急忙上前抱著愛人。

陽天全身受傷，仍忍痛笑著：「阿月，我沒事，只是剛才求婚時忘記了跪下而已。現在補回……妳應該不會拒絕吧……？」

向明月大力搖頭，大力親吻這位準丈夫，在他左臉上留了很深的吻痕。

四月一日上午吉時，點石齋內。

向明月穿著白色的法式一字肩短婚紗，細心地替陽天扣上黑色西裝外套最上的一顆紐扣，雙雙出門，先到點石齋旁的花店接過一束紅玫瑰花，然後快步小跑到附近的文武廟。

在廟祝的見證下，二人省卻繁文縟節，只要承諾對方永遠是「妳的丈夫」和「你的妻子」就足夠了。

這天，向明月的家人和陽天的好友先後收到了這對新人的電話，才得悉二人的婚事，最初還以為是愚人節的搞鬼來電。

雖說陽天與向明月的婚姻，可能到同年九月九日便會暫告一段落，但二人說過，永遠就是永遠。

距離大戰只餘下五個月，二人決定在小閣樓享受最後的日子。因此，孫行土也識趣地主動搬到附近永利街的唐樓去。

白天，陽天和孫行土專心打理點石齋，正正經經做生意，向明月則打理家務。

晚上，陽孫二人留在改建後的特訓場努力修練，但陽天跟向明月約定好，到了午夜十二點，就要好好上床睡覺。

一天又一天，每天如是。

五月中，陽天聚精會神地按著計算機，孫行土在旁嘀咕：「小子，怎麼了，不要算錯啊。」

陽天讓他別吵：「噓，別說話，很快就算好了……」

十五分鐘之後，陽天振臂大叫：「嘩，四月份我們賺了一萬六千七百九十元！」在二人的努力經營下，點石齋的營業額竟然有所增長。

陽天和孫行土像兩個大孩子，商量著晚上該吃波士頓牛扒還是潮州打冷來慶功。

這時，向明月從小閣樓下來，陽天問她的意見，是牛扒還是打冷？

向明月湊近陽天的耳邊悄悄說出答案，陽天整個人頓時呆了。

孫行土問：「你們甚麼意思啊？」

陽天有點不好意思地搔了搔頭：「老孫，我們以後吃飯，要多加一個位置啦。」

孫行土的腦筋一時間轉不過來，追問：「誰呀？為甚麼要多加一位？」

暴風雨前夕，總是異常平靜。

這平靜很漫長，由四月至八月，讓陽天、向明月和孫行土在點石齋享受了一段平凡安逸的日子。

所有的作戰準備，都交由彭博處理就行了。

硬要找一件不平凡的事情，就是陽天和向明月想不到一個可以男女合用的單字。

九月一日，見道又拖著一個行李箱來到點石齋。

他拍拍行李箱，裡面放滿了由異人們合力製造的道具，他信心十足地說：「這次應有盡有啦。」

見道的命是陽天救回來的，他必須與這恩人再赴戰場。

印度分部暫時由比「見」字代號更高級的元老管理，而神明計劃則會在不影響地標穩定性的前提下循序發展，完成期延至十八年後。

特訓場裡，見道站在控制台前，分析陽天從加入搜神局第一天至今的行動資料，分成多個里程碑，如羿的神射手能力覺醒、學會太極氣箭、五行氣箭和完成修行等等。

特別是那場討伐四大兇獸的修行之旅，即是廿八至三十一歲的成長。

「我到達瓶頸了嗎？」陽天為了應戰六大原種兇獸，一直嘗試提升自己的實力。不止要贏，更要保護大家全身而退。

見道思考了一會，才說：「你使用的是以『氣』戰鬥的方式，與其他同伴有所不同，整個搜神局亦只有你一個是這樣。嗯，局內有『星力宗』、『自然宗』等宗派，你的五行箭氣，大可以列為『氣宗』，成為同伴學習的對象。」

見道要陽天利用新開發的「假想修行」技術，把腦內的記憶模擬一次記錄下來，既留作後來者的借鑒，也可讓他重新認識自己的成長，從而找出突破的方向。

陽天樂意配合，說：「那麼以後加入的同伴便可以與我見面啦。」

在陽天進行假想修行的同時，見道一直觀察他的成長，忽然發現有點不妥。由今年五月中開始，陽天的綜合實力竟然急劇提高，那上升曲線快得不尋常。

就在陽天快要完成記錄之際，見道驀地闖了進來。

他身上泛起過百顆閃耀的星點，由一條條明亮的光線連接起來，瞬間恍若漫天繁星附身。

見道不是異能人士，只有一副血肉之軀，貴為部長親赴戰場，印度分部的科技人員和異人合力開發出一套合乎他個性的強化系統，構思來自古印度占星術，名為「星空幻想」，於全身各處植入了星點的刻印，一旦啟動，就能按戰況切換成不同星座，令見道如同擁有千人之力。

見道毫不留情，一掌劈向陽天的頭頂。陽天立即舉左臂擋格，劇痛直透半身，心忖他是動真格的，急問：「見道，你怎麼了？」

見道二話不說，攔腰又是一劈。陽天不得不聚起五行氣勁防守，二人一時僵持不下，沒有人願意退開。

未幾，見道才慢慢說出話來：「…剛才你一直在引誘我攻擊你……我完全不受控制，所以才……」說罷終於撤回攻擊，退開一步。

陽天聞言大愕，冷靜下來才發現手上的箭氣，赫然隱藏著一股不可遏止的力量——晦月之力！

自結婚之後，陽天不知不覺間一直受著妻子的影響。向明月沒有再展現月相，或許只是沒有在陽天面前再現……

之後，陽天來到小閣樓的階梯下，感到樓上傳來力量的波動，雖細微但令陽天感到心寒。同時，他聽到一陣女性的哭聲，雖細微但令陽天感到心痛。

他靜靜走上小閣樓，赫然見到懷孕的妻子跪在床上，雙手緊緊拉著窗簾，低頭一邊哭泣，一邊竭力阻止月相力量再度展現。

陽天不禁回想剛才在特訓場分別之前，見道最後說的話。

「你若願意接受晦月之相，勝利的機率將會大大提升。」

九月八日晚上七時，這夜的香港很安寧。

九龍塘豪宅區的彭氏大宅，上層的大廳依舊掛滿附庸風雅的字畫，三位美國人女祕書正圍在原石桌面的圓形茶几旁，沖潮州工夫茶。

雖然三位都是退役的美國女軍官，不過花了三個月學習，沖茶已是駕輕就熟。

彭博對著桌上三杯八分滿的茶，打量了很久。

莎賓娜急不及待地問：「查理，分勝負了吧？」

最初，她們三人都叫彭博做彭先生或波士，但彭博還是喜歡她們叫他查理。

「嘿，查理」、「早安，查理」，是彭博小時候喜歡的美國電視劇的名台詞。

吉兒自信滿滿地說：「我這次掌握了開水的溫度，贏的應該是我吧。」

嘉美更有信心，對二女說：「妳們倆都要輸了，除了水溫，別忽略茶葉的份量。」

彭博拍拍白色手套，從容地說：「今次妳們三位都贏了，我只不過在考慮從哪杯開始喝。」

聞言，三位女祕書眼泛淚光，一起擁住彭博。她們全力以赴，不想留下半點後悔，只因「查理」明天可能一去不回。

彭博望著那三杯茶，心裡將它們敬給一個帶他來這世界的男人。

大宅的天台上，重華不慣看生離死別的婆媽情景，只是拿出一支長桿煙斗，在斗內塞了一撮親手用茶葉揉成的葉絲，點燃出氣味迷人的輕煙。

吸茶煙，對人體有害無益，即使木星人也一樣，而且毒性會更深，她是知道的。

只不過，這是她懷念那個「曾經相濡以沫，不若相忘於江湖」的男人唯一的方法。

在點石齋附近的樓梯街，只要走上約八十級階梯，然後左轉前行三分鐘，便會來到寧靜得只聽到晚風聲的永利街。在一家小型印刷店的樓上，就是孫行土租的房間。

對他來說，一人住上近四百平方呎，的確是有點冷清。

於是，啤酒、花生和潮州打冷，便成為他的同居人，偶爾他會租幾盒香港電影錄影帶回家，跟它們度過漫漫長夜。

任由熒幕上的影像在眼前閃過，讓腦袋胡思亂想。

想了甚麼，一覺醒來，便會忘記得一乾二淨。

這個晚上，孫行土拿著防水防污噴霧，輕輕噴向一雙穿了廿年的皮革涼鞋。

它是歐洲人手製造的款式，深咖啡色麂皮，扣帶固定至腳踝，是他指定訂製的。

孫行土非常滿意地點頭，笑問涼鞋：「喂，明天我們要回到城寨囉，緊不緊張？」

點石齋地底的實驗室，見道拿著一個銀色金屬球，右手拋向左手，左手拋向右手，為明天要用的裝備作最後調整。

既然陽天、孫前輩和自己皆保持著最佳狀態，他帶來的裝備也要能完美配合才行。

小閣樓的工作桌上，橫放著一張呎長的宣紙。向明月用樟樹木硯磨墨，陽天拿起毛筆醮過墨水，對著桌上的宣紙遲遲未能下筆。

兒女的名字寄託了父母的期待，如希望小孩獨特而傑出，便要取個獨特的名字。這麼重要的事，該由父母決定才對。

向明月想了良久，說：「昭，就是晨曦，負責引領一整天的日光。」上次胎檢時，醫生宣佈了胎兒是個男嬰。

「嗯嗯，聽起來有正義的感覺。」陽天輕撫妻子的大肚子，問：「Over，Over，陽昭。聽到爸爸在叫你嗎？你不反對，是吧？喔，你在踢腳，就是不反對囉。」

於是，陽天拿起毛筆疾書一字，左「日」、右邊上「月」下「口」。

向明月微笑：「陽昭的爸，你寫錯了。」

陽天解釋：「有日有月，才是我倆的孩子。」

待墨汁乾透，陽天摺起這張宣紙，打算待孩子出世之後，便裱在畫框內，掛在牆上取代原來的狩獵弓。

那時，陽天一家三口將可以過上和平安樂的日子，就算是平淡生活也無所謂。

那天晚上，陽天如常抱著向明月入睡，不容天地萬物吵醒她。

一九九九年九月九日星期四，曆書記載，己卯年七月三十日，司命主吉，死神主凶。

早上六時，孫行土和見道都準備好，隨時可以出發，陽天卻獨自留在地底的特訓場。見道知陽天有未了的心結，必須在出發前解開才行。

孫行土來到特訓場，只見陽天站在控制台前，低著頭猶豫不決。聽到腳步聲，陽天轉頭問孫行土：「老孫，我們還會回來的，是吧？」

孫行土充滿信心地回答：「還用問嗎？」

陽天沉默半晌，點點頭，便對特訓場的電腦說：「密碼是陽天D615022-E，封鎖陽天廿八歲至三十二歲的戰鬥記錄。」那正是從獵獸修行至今的時段。

孫行土心忖，陽天剛才是在猶豫該否刪除那些記錄？

陽天雙拳握得更堅定，說：「……這是我不可駕馭的層次。」出現偏差的戰鬥記錄不宜讓後來者學習，但他深呼吸一下，立下決心——

「我會回來，好好修補一切。」

不止戰鬥記錄，還有受月相力量折磨的妻子。

陽天來到店門外，向明月早已披上外套在等候。

向明月靠近丈夫，撫平他西裝外套上的皺褶，低聲說：「陽天，早去早回。」

陽天輕吻妻子的前額，再輕抱一下，輕笑：「希望回來時不要堵車……」

突然，向明月湊嘴吻了陽天。臨別一吻，兩唇久久不離。

旁觀的孫行土悄聲問見道：「你試過接吻嗎？」

見道打趣地答：「對不起，我不會吻你。」

之後，三人前往參與一場約定的戰鬥。

丈夫剛從自己的視線中消失，腹中胎兒卻突然異動，像對母親發出求救信號。

地獄團聚

第10回

MMXII

「時間到了。」

夜照師看見高塔塌下，便闔上書站起來，點點螢光繞著他紛飛。

同一時間，搜神局旗下的特工、異人和盟友立即向機動城寨的大門衝鋒。

金屬平台上，陽昭用弓箭作埋身戰鬥，三足烏弓的兩端尖銳如刀刃，鳥嘴形的箭鏃也無比鋒利。

無名客手一揚，全身布條如水變幻莫測，軟若流水剋鋒，硬若激流擋利。

老子《道德經》曰：「天下莫柔弱於水，而攻堅強者莫之能勝。」

無名客既守亦攻，令陽昭亦進亦退。十招交鋒後，陽昭拉開十步距離，左腳踏地，右腳拉成弓馬，雙手開弓搭箭，手底貫入永生不滅的望月之力，火鳥箭化成一頭虹光神鳥。

這時，城下傳來嘈雜的打鬥聲，陽昭知道搜神局開始行動了。

在城寨的金屬大門前，搜神局一眾成員及盟友鋪天蓋地進攻。

金山公主施展一個金色光團，保護夜貓小隊的四輛電單車，而向明月則坐在春風後座。

比起攻擊力強大的弦月之網，金色光團只著重防守，不作攻擊。

雖然金山公主尚未完全回復力量，但仍決心送月夫人到她要去的地方。

緊守在後方的是見道及林英。

見道穿上繡有搜神局黑隕石標誌的黑色多功能外套，林英則穿上與金山公主同款的白色戰衣。

「林英，我們多久沒見了？」

「咄，若不是為了春風那傻女，我們這一生都不會再見面。」

「妳教出了很多好徒弟，厲害啊。」

「你也很神氣嘛，亞洲總部部長，不再是以前的特工小弟。」

「謝謝啦，妳相不相信眼前這些異人可以對抗災星，以及世間一切災厄？」

「廢話，我不相信，來這裡幹嘛？」

二人對笑，放下了廿多年來的心鎖。

夜照師望著前面出發的眾人，心頭泛起一陣不安的感覺，便問同行的虎將：「康柏，如果他日你往『世界盡頭』找到你失蹤的父母，你第一句話會說甚麼？」

虎將兩手拔出插在腰後的一雙虎牙短刃，自豪地說：「小虎已長出銳牙了。」

夜照師明白，那是「他已長大了」意思。

虎將反握虎牙短刃，重重插在迎面衝來的三頭異人胸前，一聲虎吼，敵人立即倒下，掉進無底的煉獄，任再猛力掙扎也逃不出來。

夜照師打開手上的《神曲》，利用把書中世界投射在目標腦海的異能，讓敵人陷入他製造的幻象之中。

纏鬥間，陽昭瞥見城寨下方勢均力敵，心有隱憂。這是一個家，他從小就沒有擁有過的家。既然付出了絕大的代價，他就有責任保護它，不可以讓它崩潰。

仗青銅棒之利，陽昭不需要瞄準，手一放，虹光神鳥飛襲無名客。

無名客雙手一翻，布條捲成左右兩個漩渦，糾纏著虹光神鳥。誰料神鳥一振翅，挾無名客直飛天際，空氣急速摩擦，無名客全身起火，宛如火流星沖天！

擺脫了無名客，陽昭心念一動，平台上的機關轟然打開一層又一層。他一躍而入，穿越十多層通道，來到機動城寨的核心。

那黑色混沌發展至今，已成長為蘊含龐大黑隕石能量的巨大球體。

陽昭猛喝一聲，大力揮動三足烏弓，直插核心。

古蜀國的最終武器與黑隕石能量結合，加速分裂成無數青銅碎片，各個碎片再自行複製，以幾何級數劇增，數量達億、兆以至更大的京計。

無數碎片激射而出，如有意志般在機動城寨左穿右插，除了重新植入家人體內，接通他們與城寨之王的意識，還修補各處機關的損壞，帶來足夠資源急速成長。

此外，陽昭還下達了一項指令。

那些生命快要耗盡的家人紛紛用力纏住敵人，以同歸於盡的方式撞向機動城寨，讓城內張開一個個機關吞噬他們，消化他們的異能、智慧及技術，將一切奉獻給這座不斷成長的城寨，三分鐘內急增至三百層。

一個長有十隻機械爪的暗黑成員牢牢抓住了小男生，十六隻腳瘋狂衝向七公尺外的機關。小男生萬萬想不到自己遊歷宇宙數百年，偏偏會栽在這低級物種手上。

只怪自己一時鬆懈，剛才消滅了過百個敵人，想拿出可樂解渴時便冷不防遭殃。臨死前，小男生只是嘆氣，真想先喝光這支可樂啊——

忽然，一陣濃厚的茶葉香味直衝小男生的鼻腔。在機關入口前一公尺，那個十爪十六腳的低級物種戛然停步，砰啪轟隆幾聲，陸續解體，部件登時碎散地上。

小男生驀見一個白髮如簑的男人，手持長桿煙斗站在面前。

「飲茶吧，喝汽水無益。」

小男生認識此人，驚愕他竟然走出自困廿年的囹圄，來到曾叱咤風雲的故地。

「果然……」長髮男人抬頭上望，茶煙從七孔冒出。

一千公尺的高空，虹光神鳥耗盡能量消失，而無名客沖天之勢未止，全身布條焚燒的嘶嘶聲在耳邊響起，刺激他的思考。

雖然城寨之王下了罪業盈滿的地獄，還是希望飛向憧憬的天堂。

此刻，纏繞無名客二十多年的布條已被燃燒殆盡，沒有布條的拘束，在體內壓抑已久的力量終於可放肆地破體而出。

在機動城寨上空，綻放一團耀目的虹光，俯衝而下。

仰望天上虹光乍現，見道呆立當場，淚水慢慢流出，在旁的林英不明所以。

即使處身核心，城寨之王亦能從機關的隙縫間看見無名客發出的警告，那是得到地球的五行元素回應的虹光，與陽昭自己所用的不一樣的五行氣勁。

世上只有那個生死未卜廿二年的人，才有能力締造這個境界。

陽昭伸手按進混沌球體，任由它吸收的所有力量及特技灌到自己身上。全身像披上一層薄薄的黑紗，混和他埋藏於心裡的不服、憎惡和不甘心，踏入陽天當年不可駕馭的層次，用月相力量支配五行箭氣。

混沌的保護完全覆蓋陽昭，他大喝一聲，瞬間穿過重重機關，直衝天際。

從天空俯衝而下的，不再是無名客，而是一個與自己血脈相連的漢子。

不是特訓場的虛擬陽天，也不是由「乾」培植出來的複製陽天，而是……

一個令自己童年失落，不配成為自己父親的攔路者！

半空中，陽昭同時加強「晦」和「望」的月相，化身成一支威力源源不絕的五行合一氣箭，對準世上唯一的陽天！

一九九九年九月九日大戰之後，陽天得悉了自己的來歷和一切事件的真相，人生進入了乾卦的第六爻。

為了所愛的人及一切，他捨棄陽天這個身份，以沒有身份的人存在於這地球上。

日以繼夜，夜以繼日，他努力尋找能夠一起對抗災星的夥伴，無論是異能人士、外星異形和墮落人間的神明。

名字，時間，生死，不許他動容。

直至他得悉在香港有一位年輕人使用五行氣箭，打退來自高維度空間的機械巨掌。那一刻，他左眼角拉出一條淚痕……

當暗黑搜神局圍攻香港時，為了那名叫「昭」的兒子，陽天也必須回家。

現在，陽昭以人化箭沖天而上，虹光中泛現暗黑，陽天才發現一個真相。

原來在那場大戰之前他受到晦月之相干擾，真正的源頭並非自己的妻子，而是她肚內的兒子……

第十一回

十陽掛天

一九九九年九月九日早上八時半。

陽天、孫行土和見道三位搜神局特工，來到九龍城寨的原址。昔日的風雲之地，今天卻變成九龍寨城公園。

得到秦豪的安排，公園已經封閉，四周的道路也從昨晚便設了封鎖線，不許人車經過。陽天等人穿過了以明末清初江南園林形式設計的庭園，來到當初沒有拆除的衙府，也就是現今的公園辦事處。

重華、彭博及其客戶服務部早就到場。

彭博依然作如常的貴公子打扮，重華也還是喜歡穿上可以凸出自己婀娜身段的紫色高衩旗袍，還有那支少有離手的長桿煙斗。

客戶服務部的成員，正是以往與陽天相處投契的幾位外星異形，相隔五年，留鬍鬚的那個長得更為濃密，愛模仿日本男偶像的卻換了另一個姓木村的造型，而小男生則依然是小學生的模樣。

彭博請小男生用乒乓球形的立體投映機，播出時間隙縫的立體模擬，然後親自解釋整個作戰計劃。

當陽天五人和六大兇獸合力打開時間隙縫之後，便要在它消失之前跳進時間洪流，在現實時間這邊的異形同伴就會依照五人的基因密碼，追蹤眾人的流向，無論之後到達甚麼時間點，只要從時間洪流內發出回歸的訊息，異形同伴便可以引導他們回來。

理論上這是可行的，但不知道引導的時間需要多久。

孫行土疑問：「不會花一百年吧……？」

彭博拍拍白色手套，說：「放心，沒有我們，地球也過不了二零二三年。」

眾人大笑，笑彭博所說的是事實。

重華拉陽天到一旁說密話：「如你在大戰後能生存下來……」

陽天聽完，滿有感慨，只得點頭應是。可是，前提是自己要活過這場大戰。

時間快到，陽天看見有人手持兩支香煙，越過衙府前方不遠的城寨銅像，正是笑面虎。

不，他今天的身份是六大兇獸之一，饕餮。

見道久聞這位多年來殺掉三十位搜神局手足的饕餮族異形，今天得見其人類形態，竟感受到他的梟雄魅力。

笑面虎打量陽天等人，一口吸盡兩支香煙，灰飛煙滅，才淡淡說：「六對五？」

九龍城寨清拆工程於一九九四年四月完成，香港政府將原址改建為公園。原本計劃名為「九龍城寨公園」，然而在清拆期間得到老居民（獅子座星系異形）的指引，古物古蹟辦事處發掘出一些遺蹟，如兩塊於二戰期間，民眾為免被日軍破壞而埋藏起來的花崗岩石額，分別刻有「南門」及「九龍寨城」字樣，印證了城寨正確的名字，因此改定名「九龍寨城公園」。

陽天也淡然地說：「是一，我們是團結的力量。其他兇獸呢？」

「別急，開場時間剛好。」說罷，笑面虎拿出一個黑隕石能源方磚，拋上天空，吸引從大氣層而來的能量波，籠罩著九龍寨城公園的上空。

本來溫暖的太陽忽然被烏雲遮蔽，白晝變成黑夜。

重華對陽天說：「這傢伙正在控制這公園空間的能量流動，製造地球人所說的『結界』，不容外物干擾我們。」

只見天空雷電交加，傾盆大雨狂洩而下，從雲層伸下一條長長漏斗狀的龍捲風，連到笑面虎身旁的地面，捲起滿地落葉和沙石飛旋，天搖地撼。

砰！一條巨大蛇影破土而出，塵土飛揚間隱見蛇身一塊塊銀色金屬鱗片。待百多公尺長的軀體完全展現，眾人看見一條頂戴黃金鱗片的修蛇，充滿仇怨的蛇目像要吞噬天地萬物。

同時，龍捲風中飛出一頭巨鳥，拍動著由一片片幻彩水晶疊成的羽翼，帶著耀目的彩光劃破漆黑的天際，拉著十二條長長的飄翎，呼風喚雨，行雷閃電，赫然是魔鳥大風。

南面捲起了橘紅色的沙塵暴，撲出有若私人飛機大小的封豨，堅甲護身，全身毛孔隨著粗重的呼吸噴出沙粒，疾跑來到眾人面前，引腔怒叫。

北邊則湧出城寨百年未遇的大浪壁，一頭四翼四爪、牛身馬腿的巨獸踏浪而來，陽天不禁驚訝原種猰貐的兇猛，比亞種更為懾人。

五大兇獸的出現引致這一帶的五行元素失控，天地間異象紛呈，宛如末日。

突然，太陽從烏雲間乍現，卻不止一個，而是一個接一個，總共亮出十個太陽！

十陽掛天，詭異奇絕，陽天不由心上一驚。

笑面虎得四兇獸相伴左右，瘋狂大笑，說：「陽天，你也是羿！可有十個太陽燒灼大地的記憶？」

九個太陽同一時間下墜至陽天等人四周，化成九個外星異形的嬰兒頭顱，發出類似人類嬰兒的哭聲，頭上過百隻眼睛流下血淚，赫然是陽天還未遇過的九嬰！

六大兇獸聚合，陽天無懼地宣告：「九時九分九秒，快到了！大家準備應戰！」

重華和彭博同時伸手向木星方位，令體內的力量與母星同步。早在相認之初，重華已將木星人四大攻招傳授給彭博這唯一的血親。

與此同時，孫行土左手遞出一個金屬球，球體分裂成無數金屬碎片翻動，鋪上他整隻左手，化成另一隻阿修羅之臂。他雙臂一振，背部再立時伸出兩隻機械臂，正是「阿修羅之臂」的進化版，「四臂」戰鬥套件。

見道左手一揮，全身閃出耀眼的星點，各個星座蘊藏的力量讓他這凡人能參與這場大戰，絕不可以辜負一眾異人和異形給他的祝福。

九時九分，眾人就等待笑面虎主持打開時間隙縫的儀式。

笑面虎握起雙拳，從拳背破出尖銳的指爪，於虛空中尋找異動的能量流。

眾人的目光全投在笑面虎的爪子動向，就在九時九分九秒之時，他猛力揮起右爪，掠過城寨銅像上方，忽然在虛空中橫向裂開一道半開半合的能量，四周還繞著不穩定的電流，正是時間隙縫的裂口。

「就在這裡！大家盡情打開吧！」說後，笑面虎大笑，嘴角不自覺呈現微裂。

陽天站在原地，雙手運起五行箭氣，扯大時間隙縫的裂口，可是箭氣不斷被流動的能量反彈回來。

彭博急不及待衝前，右手釋放出如血色薔薇綻放的「木星大紅斑」！

同時，見道也衝前施展「星空幻想」，他需要發動速度最快的星座，兩臂上的星點隨心閃動，右臂亮起天秤座，左臂亮起雙子座，星光急遽聚於雙手，蘊藏無窮之力，務必要打開時間隙縫，以免功虧一簣。

為了採集巨型黑隕石，六大兇獸把慾望和貪念都傾注於力量之中，絕對要成功進入時間洪流。可惜，持續十多秒，人和獸也未能如願。

這時，冷靜的重華發現，時間隙縫未能打開的原因，卻是人獸兩派的力量並不協調，導致流動的能量越來越不穩定。

陽天心裡發寒，一旦失敗了，這場大戰的戰場便會是香港這六百萬人的城市。

突然，兇獸們幾乎同時仰天發出震耳欲聾的巨吼，就連彭博也泛起了一陣似曾相識的不安感，逼使他在這危急關頭也抬頭望天。

只見一個黑色火球快速劃過烏黑天際，火光炫眼，最後重重墜落地面，爆發出轟然巨響，火舌四散，周圍迅速陷入一片黑色火海。

彭博目睹火海中有一道人影走出，那竟然是……？

那個臉上泛起晦月之相的女人，一步一步走向幾達臨界點的流動能量。

她輕揚左手運起望月之力，一股永生不滅的力量立即連繫人類和兇獸兩派的力量融為一體，宛如一把無堅不破的鑰匙，完全打開了時間隙縫的裂口，乍現一條急湍流動的刺目光帶，正是時間洪流。

向明月輕輕握著陽天的手，不發一言，步履稍移，雙雙投進時間洪流。

終於，六人對六獸，陽天只得認命。

隨後的重華暗想，即使世上存在著無限的變化，向明月終會出現，和陽天共赴生死。

而她自己呢？她望向身旁，是身歷奇景、禁不住興奮的彭博。

以木星人的倫常關係而言，二人是姊弟，但彭博從來沒有當她是大家姐，一直當她是母親來尊敬，又或是，他甘心做一個有母親的兒子。

孫行土沒甚麼考慮，大踏步便跳進去。

倒是見道心裡矛盾，有向明月在，人類一方的勝算大增，可是也暗藏危機。

時間洪流中，看不到盡頭，更不見源頭，六人六獸的共同目標，就是回到巨型黑隕石墜落的那個時間點。

光帶中充滿了這空間過去每分每秒所發生的景象，可是流逝得太快，隱約間似乎看到九龍城寨的原貌和九龍村落成的慶典，但都一閃即逝，無法留在記憶中。

終於，時間洪流變慢了一點，陽天和向明月發現自己正飄浮在半空，腳下橫亙著一大片綠色平原，不知道是多少千萬年前的情景。

二人以外，所有人與獸都飄浮在四周高低不同的半空位置。

他們驀見腳下快速經歷繁榮、枯萎和再生的循環，才明白到時間洪流沒有停止過，向前推進，瞬間已經過了千百年。

孫行土不由得聯想起錄影機的快進功能，只是自然景物在千百年間變化不大，眾人除了草木榮枯之外，就難以看見明顯的變化。

突然，東南面有大量火山灰從地殼噴出，高達一百多公尺，漫天飛揚，鋪滿整個大平原，堆疊起多座高山，原來的東南方地殼則崩陷變成了破火山口盆地。

及後，大地冷卻，漸漸變成山地和平原，大小生物都陸續在這地方衍生。

正當大家全神分析身處的時間點時，時間洪流再度變慢，漸漸看清楚四周景物，山河大地一片生氣勃勃。

這裡就是最原始的香港？

突然，眾人頭上的蔚藍天空，忽有一道黑焰天火燒過，赫是一顆百多公尺長的尖形黑隕石穿破地球大氣層，直撞而下。

數不盡的大小生命一瞬化成飛灰，砂土直沖天際，日月無光。

在兕獸群的眼裡，這是一個超級大寶藏，只要吸收足夠的能量，修蛇可以再度脫皮蛻變、大風可以成為真正的不死鳥、封豨可以洗掉貪慾基因，讓後代進化成更強的宇宙物種。

笑面虎心忖，若繼續任時間流逝，巨型黑隕石便會埋藏在地底深處。

就在此時，戰事打響，陽天等人搶先進攻。

陽天本來一直緊握向明月不安的手，及見巨型黑隕石墜地，代表著這場無可避免的大戰終於要開始了。

他放開妻子的手：「阿月，妳好好留在這裡……不可以再傷害自己，答應我。」

浮在半空的向明月輕輕點頭，陽天隨即飛身離開。

在遠古年代，香港東南部的糧船灣原本有一座超級火山，現在被命名為「糧船灣超級火山」，直徑約二十公里，火山岩由糧船灣伸延至果洲群島，覆蓋西貢東部的地質公園，火山較深層部分則為花崗岩，由淺至深從西貢伸展至九龍及香港島。火山於一億四千萬年前最後一次爆發，噴出的火山灰逾一萬三千億立方公尺，冷卻後形成六角柱岩，是著名的地質奇觀。

昏天暗地，寒風吹起漫天雪雨。

陽天兩手左正右反，交叉轉出太極力量，繼而分成正五行和反五行，第一個目標是最接近黑隕石的原種猰貐。

他搶佔了猰貐後方位置，右手立時揮出反五行氣箭，直取頭顱，務求速戰速決，猰貐亦回頭噴出一幅水幕，與氣箭互拚。

一擊剛過，猰貐發出可怕的呼號，銳牙猛力噬咬陽天，陽天雙手運起金屬性氣勁，化成兩把堅硬的金屬弓，交叉撐著敵人的巨口。

兩者角力，不容退讓。

另一邊，孫行土參考陽天獵殺修蛇的戰術，揮起四臂阿修羅的神拳，集中攻擊修蛇頭頂的金冠。可是，他連環打了十三拳，仍未能擊碎所有金鱗。

忽然，從旁傳來見道一聲大喝，他再次發動「星空幻想」系統，身上的星座點線串連起來強化身體機能，臉上泛起獵戶座星點，提升五官感知，立即找出修蛇的兩個致命目標。

印度人殺蛇，必打蛇頭對下三吋和七吋，前者是脊椎骨，後者則是心臟所在，這兩處一旦受到致命傷，即死無疑。

可是，修蛇巨大的蛇身覆滿了堅硬的銀色鱗片，見道的雙拳閃耀星光，先打脊椎骨，只爆出三塊鱗片，再打心臟，也無法見效。

修蛇見二人目標都是擊潰他的外層保護，卻不知道那一塊塊金屬鱗片是他吞下了十多個星球的堅硬礦物後，藏在胃內消化一百年，才融入體質而長成。他自信必定能取得黑隕石進行蛻變，在空中舞動百多公尺的蛇身，擺開孫行土和見道二人。

這時，有一位貴公子來到修蛇面前，拉開左手的白手套，傲然笑說：「死蛇，穿金戴銀，不覺得太俗氣了吧？」

古人見火鳳凰翺翔天空，以為是祥瑞之兆，卻不知大風族異形是毒害大地的禍首。他們吞食毒物，令尾部的飄翎更加艷麗，但死後，他們體內的毒素卻會污染大地。要清除積累體內的毒素，便要收集足夠的黑隕石能源投火轉生，成為不死鳥。

此時，大風面對更艷麗的木星人，能否安全抵達巨型黑隕石，實在是未知之數。重華收回了那支長桿煙斗，微笑說：「妳是妒嫉我這身段，對吧？」

在重華的身後，封豨卻無聲地出現。

他貪婪木星人的不老體質，為了給後代繼承優良基因，不理那套旗袍多難消化，也必須吞下她。

第一個降落在黑隕石頂端的人，赫是笑面虎。

他右手貼住黑隕石的漆黑表面，凝神貫注地汲取從中滲出的能量，透過左手握著的水晶物質，轉化成一個又一個能量方磚，一分鐘便提煉出五個。待他稍為回神，卻發現上空的戰況完全出乎意料……

猰貐四翼盡折，但四爪運起一個球形水團，把陽天封閉在內。

修蛇咬住彭博的身體，在空中瘋狂擺動，令見道和孫行土無法靠近。

重華一人對付大風和封豨的交替攻擊，左右手連續發出木星大紅斑，仍然左支右絀。

九嬰的百眼大頭不停哭號，九個不同表情的頭顱，微笑、憤怒、悲哀、興奮、痛苦、憎惡、貪婪、狡猾、恐懼，在空中飛旋，圍繞著的中心，卻是向明月。

而向明月的眼睛，則如冷刃般從天頂刺入笑面虎的心中。

笑面虎猝然停止吸收黑隕石能量，數百年來未曾嘗到的不安和懼意直湧心頭。

他知道全場最難應付的敵人到底是誰。

他必須徹底除掉這份難受的感覺，否則極可能回不了原來的世界。

故此，笑面虎雙手骨質的尖爪扭動起來，左爪交纏成一支三公尺長的骨戈，右爪則交纏成一面盾牌，飛身直衝而上。

就在這一刻，戰場相繼產生了三大巨變。

陽天雙手牽引包裹全身的水，聚化成水弓和水箭，借用猰貐的力量，推動自己的水屬性箭氣，正是陽天的必中之道。

水花狂濺，氣箭激射而出，應聲射穿猰貐的頭顱，接著全身崩潰，如瀑布傾瀉。

咬住彭博的修蛇被「木星大紅斑」零距離連擊，痛苦掙扎，彭博猛力撐開修蛇的大口脫身，見毒牙已被打碎，便回頭大叫：「你們兩個聽著，記得留一金一銀鱗片給我做紀念！」

他一手揮動百多公尺長的修蛇，同時注入高氣壓，蛇身膨脹，擠開層疊的鱗片。蛇尾一擺，更為重華解圍，逼退圍攻的大風和封豨。

孫行土和見道把握機會，攻打修蛇露出於鱗片間的要害，四個阿修羅機械拳頭終於打斷了修蛇的脊椎骨；力量最強的金牛座星點在見道胸前亮起，產生出強大的撞擊力，直接撞裂了修蛇的心臟，斃命當場。

同時，得到彭博的解圍，令重華雙手有空檔凝聚力量，大喝：「就來一個最艷麗的終結吧！」說時釋放出「第二個太陽」，大風和封豨登時全身起火。

封豨的硬甲抵不住高溫而崩裂，大風的水晶翎毛則開始熔化，失去誘人的幻彩。

三大巨變驟起的同時，雲層漸漸消散，月亮出現了。

向明月自然地伸手向月，臉色變黯，再次掛上晦月之相。

九個大頭感到向明月身上散發出令人戰慄的威脅，馬上砰隆聚集起來，一頭又一頭合共過千隻眼睛流著血淚，準備施展惡毒的殺著。

可是，一支長戈從後偷襲九嬰，赫是同伴的鑿齒族異形「笑面虎」。

他直覺不能讓九嬰過份刺激向明月，否則必會引發連串難以預測的可怕後果。

笑面虎奮力刺中面容憤怒的嬰頭，一擊貫穿，然而九個頭顱還是緊緊結合在一起。

他彷彿了解九嬰誓死不分離的原因，就是畏懼那個運起月相力量的女人。

此刻，九嬰遏止不住懼意，發動了毀天滅地的啼哭攻擊。

崩潰的狂哭、低沉的啼哭、憤怒的暴哭、拉長而尖聲的嚎哭，千萬血淚化成雪片，在空中捲起了懾人心魄的紅色大雪暴。

人類和兇獸雙方在漫天風雪中浮沉，紅雪襲來，一陣陣寒氣直滲體內，無一倖免。

九個頭顱突然各自飛散，反哭為笑，意態瘋狂。

笑聲引動體內的寒氣，有的氣機逆亂，有的當場吐血，有的經脈毀損。

啼哭攻擊的恐怖之處，就是不分敵友同時受損，削弱他們僅存的力量，逐一擊破。

九個頭顱飛至瀕死的封豨，咬破他的硬甲，一頭一口，活生生扯斷成九截。

大風乘時飛向吐血的重華，雙爪擒她入懷，用雙翼緊緊鎖住，直衝向巨型黑隕石的尖頂，誓要同歸於盡。

在深逾三百公尺的隕石坑底部，巨型黑隕石正逐漸下沉，碎片嵌滿一地。

重華冷不防被大風束縛，本想掙脫，卻為九嬰所傷，無力再與木星同步，但她仍未絕望，因為她有生死與共的同伴。

搜神局特工的信條是勇敢、盡責和團隊精神。

為了拯救重華，陽天連續發箭追射大風，見道和孫行土也不顧傷勢直衝而下。

這時，一道急影超越二人，是咬緊牙關的彭博，絕不讓自己唯一的血親受到傷害。

大風擒住重華已飛進隕石坑，但給孫行土的四臂猛力扯著飄翎，止住了跌勢。見道踏上巨鳥鳥背，左右手一齊拉開原本緊鎖的大翼。

彭博一掌貼著大風的女臉，大喝一聲，血色薔薇再次綻開，爆破了這魔鳥的頭顱。

染滿綠血的大風屍體墮進坑內，彭博已一手抄起虛弱的重華。

只見重華胸前的爪傷不斷溢血，彭博急忙按著她傷口止血，強裝鎮定地說：「撐著，不會死的，不會死的。」

重華已無力氣說出話來，但仍用左手輕撫他的臉頰，回想起他出生時的臉，成長時的臉，還有……

突然，重華左手放開彭博的臉，掌心朝著他後方，彭博背後登時傳來一陣極亮和極熱的大爆炸。

那是她以僅餘的生命發出的最後一次「第二個太陽」。

狡猾嬰頭從後偷襲不成，反被燒毀半邊頭顱，帶火遁逃。

眼見敵人完全離開，重華才安心微笑，二人難以言喻的思念在這瞬間連繫起來，一起回想在啟德遊樂場的光景……

十三歲的彭博忽然看懂了眼前路過的女人的心思，她竟然對他說了句「你好」。二人的生活從此不一樣，不用生活在孤獨和尋覓之中。就算遊樂場倒閉了，二人也會產生對彼此的記憶，豐富了餘生。

或是更早數年，重華可以拖著彭博的小手，來到千奇百怪的表演後台，保證他樂而忘返。

然而此刻，重華的思念驀然中斷，眼皮慢慢閉上，含笑而逝。

彭博眼眶紅了，輕輕把重華的屍體抱入懷裡，陷於沉默……

狡猾嬰頭消去了火焰，九個嬰頭重新聚合，準備再次施展所向披靡的啼哭攻擊。

陽天盤算形勢，六獸只剩下殺性最強的兩個，九嬰和笑面虎。

現在，這場大戰已沒有贏家，每個人都是輸家，只差輸到甚麼地步。他不執著勝負，只求餘下的同伴能全身而退。

陽天對距離不遠的笑面虎問：「你想回去嗎？」

笑面虎笑而不語，只用骨戈遙指向明月。

向明月也受傷了，撫著腹部對丈夫點頭，表示沒有大礙，然後望向天上的圓月，陽天也點點頭，兩人的默契盡在不言中。

此時，九嬰又開始蘊釀血淚。

陽天提起僅有的三成力量，靜心感受時間洪流內混亂不堪的五行元素，凝聚到身上。無論力量多混亂，來到他體內，自然會轉化成正道。

因為他堅持的正義，為的不是自己，為的是身外的萬物。他縱使犧牲，也曾為這星體的四十六億年盡了一瞬間的責任。

見道看陽天右手運起綠木弓，形狀正是爺爺遺下的四呎狩獵弓，感動油然而生。

孫行土見小子左手運起的金屬性箭氣，是青銅箭，那是陽天覺醒成羿的重要象徵。

彭博抱著重華的屍體，從未試過如此難受，只用充滿怨毒的眼神告訴陽天，你不行，就由我來！

九把令人毛骨悚然的啼笑聲，揮灑千萬滴血淚，血淚隨風飄飛，瞬間凝結成雪，捲起接天通地的雪龍捲，把陽天扯進其中。

血紅雪片再次飛襲陽天，那侵蝕人力量的寒意又滲入體內。

九嬰瘋狂的笑聲牽引寒意第一次波動，陽天氣亂。

第二次波動，血湧嘴邊。

可是，陽天還是握緊木屬性的狩獵弓，拉住青銅箭，抓緊自己神射手的初心。

即使眼前天旋地轉，天翻地覆，他的目的只有一個，絕不動搖半分。

這時，第三次波動將要發生，即使陽天是再世的羿，也難逃一死。

九嬰加速雪龍捲，捲起陽天飛上過百公尺高空，九個頭顱、過千對眼睛卻看到陽天臉上仍帶著勝利的笑容，箭仍留在弓上，始終對準自己。

還有，夜空中的巨型月亮消失了……

雪龍捲遽然消散，漫天血雪隨即溶化。

在場誰能發出如此強大的引力？捨向明月其誰。

她一直在計算月亮的變化，滿月為望，無月為朔。

「朔月之蝕」不在相，在心。

沒有月亮，不再受到限制，一切力量蝕心而起。

向明月雙手發出慘紅月光，照射到九嬰，分開他九個頭顱。

陽天立即放開弓弦，青銅箭嚓聲破風而出，絲毫不差地射破了恐懼嬰頭。

見道見狀，閃耀全身星點，同時泛現黃道十二星座，祭起迫近系統負荷的千人力量，務必一掌擊破憤怒嬰頭。

孫行土追上最近身邊的痛苦嬰頭，左一拳，右一拳，滿口髒話狠勁，把頭上全部眼睛一一打破！

悲哀、興奮、憎惡三大嬰頭，從左中右同時飛襲向明月，陽天連環發出三箭，制止了三個嬰頭的衝勢，卻未能阻止他們血淚盈眶，準備發出啼叫攻擊。

正當向明月催動「弦月之網」保護自己時，她的腹部忽然傳來劇痛，而三個嬰頭的血淚快要奪眶而出，準備給對手一屍兩命。

偏偏就在此時，一支三公尺長的骨戈破空而至，精準無比地貫穿了三個嬰頭。笑面虎拔出骨戈，血濺半空，還有微笑和貪婪兩個嬰頭，已在之前給他用盾撞毀。

原來九位一體，現下只餘狡猾嬰頭趁亂逃走。

只要回到宇宙，潛伏十年，便可自我分裂出第二個嬰頭，每十年分裂下去，一百年後便可回來復仇。

可是，狡猾嬰頭並不知道，自己只是陽天等人故意留給彭博的禮物。

就在他準備用超音速離開時間洪流之際，彭博緩緩伸出浮動著木星花紋的右手，沉默無言，連環發出「超高壓」、「行星環」、「大紅斑」，將狡猾嬰頭壓成飛灰，最後用「第二個太陽」燒至無形，絕不容於宇宙中。

眾人眼見九嬰全滅，方可鬆一口氣。可惜，重華戰歿了。

陽天扶著衰弱的向明月，她從喉頭吐出含糊聲音，似有話對陽天說。

就在此時，笑面虎向天放出一個黑隕石能量方磚，並對陽天說：「有它與現實時間點的那個作回應，便可以成功回去。」

大局為重，他自懂得作出選擇。

「殺他！」彭博的憤恨沒有因為殺掉狡猾嬰頭而消滅，反而越來越盛。

笑面虎一笑置之，他大可以放棄回去，跟所有人迷失於時間洪流之中。

六大兇獸已除其五，要不要趕盡殺絕，見道和孫行土不發表意見，搜神局的決定便交由陽天處理。

殺與放過，都是難以取捨的事，陽天最為擔心的是妻子的呼吸越來越急。

忽然，陽天聽清楚妻子的說話。她低聲問：「歸墟，還在嗎？」

歸墟，是地球過去上一次文明時代的海底王國，王都和城邦遍佈七海，是地球當時最大的國度。而向明月所屬的「姮娥」，則是歸墟的陰性生命體被以帝釋為首的「天龍八部眾」迫害，逃離地球並於月球背面建立「姮娥」基地的一群。

向明月一直在時間洪流觀察日月變化，就是為了計算自己所在的時間，到底歸墟是否仍然存在。

「陽天，小心！」見道在夫婦二人外圍放聲大叫。

陽天聞言才發現，自己已被向明月封在「弦月之網」內，她抱頭大叫，瘋狂自問：不在了嗎？不在了嗎？不在了嗎？

無相的朔月之力，完全釋放了她。

向明月盯向快要沉入地底的巨型黑隕石，大聲狂呼，然後不顧一切衝進隕石坑。只要獨佔這顆巨型黑隕石的所有能源，回到原來的時空，便可以聯同全世界的「姮娥」在地球重建祖國「歸墟」。

如何帶回這些黑隕石能源？向明月看中了場上所有人，包括死去的重華，他們的身軀全是能量載體。

見道和孫行土急忙阻止向明月衝向巨型黑隕石，這正合她的心意。

她換上晦月之相，夜空中的黑月照住眾人動彈不得。沐浴到月光，孫行土身上啪啪啪三聲幾乎同時響起，三隻阿修羅之臂應聲支離破碎，只餘下原來的左臂。本已負傷的他聽到自己體內肌肉及神經撕裂的聲音，劇痛遍佈全身，苦不堪言。

「一個不留！」向明月冷然說。

因為轉換月相，弦月之網變弱，陽天乘時撲出制止。

天上黑月急轉紅月，「朔月之蝕」再次發動。紅光侵蝕陽天的生命力，他急劇變得虛弱，無力地呼喚妻子：「⋯月⋯不可以錯下去⋯⋯」

晦月和朔月的力量交替折磨陽天，向明月無情地說：「射日之羿死於地球，姮娥不死重建歸墟。」

陽天聞言，身傷也心死。

向明月來到陽天面前，俯視著他，冷嘲：「你說過，一切後果由你承受就行了。」說罷舉起左掌直擊而下，務求不讓陽天死得痛苦。

「再見，我的愛人！」

可是，向明月這一掌卻意外落空，只因一支骨矛刺著陽天身體順勢飛離原地，以毫厘之差避過了向明月的殺著。

笑面虎兵行險著，輕傷陽天，成功救他一命，便收回骨矛，雙手扶著他，說：「她比兕獸更難對付。」

陽天腦海閃過在城寨的浴血日子裡，笑面虎曾對陽天說過「一世兄弟」，他果然說得出，做得到。

另一方面，向明月再切換「望月之力」，引動銀色月光照射在巨型黑隕石上，黑隕石能量隔空傳至向明月體內，令她渾身舒泰，一掃剛才的衰弱，精神煥發更勝平時。

向明月逐一環視眾人，下次出手，誰都擋不了。

卻在此時，她發現時間洪流戛然停止，連月亮也不見了。

不止她一時失措，連陽天等人也不敢相信大氣層外的異象。

一顆超巨大的彗星掩蓋了月亮的光芒，停在大氣層外。這彗星每三百三十年才出現在太陽系，每一次回歸必會帶來重重災難。

這時候，這顆災星仍未冠上那個古希臘的戰神之名——

阿雷斯！

敢戰

第12回

MMXII

祥和的虹光俯衝而下，黑化的虹光逆天而上。

父與子第一次交鋒，將有何結果？

「停手——！」唯獨她的出現，方可阻止父子相殘。

向明月和春風等人終於趕到一百層高的天台，可是，父子雙方已欲罷不能，因為一旦停下來，各自的力量就會反噬其身。

就在兩道力量迎面相撞之際，陽天和陽昭不約而同偏移了軌道，兩股截然不同的五行箭氣擦邊而過，迸發異彩光芒，以及震撼人心的巨響。

天台上，眾人皆看得驚心動魄。向明月捉緊身旁的春風，強忍淚水奪眶；春風雖與陽昭斷絕交情，但見他陷於如此險境，深感自己要負上最大責任。

隨後，父與子相繼落在天台。

陽天緩步來到向明月跟前，二人雙手緊扣，恍如隔世。

在向明月眼中，陽天與失蹤之前沒有分別，仍是三十二歲時的樣子，心裡感謝上天對他的眷顧。相反，陽天心疼妻子被歲月折磨的痕跡，忍不住流淚抱緊她。

向明月也擁抱丈夫，一接觸他健碩的身體，大腦中便收到一幕幕畫面，閃過丈夫這廿二年來為地球存亡而進行的歷練。

向明月終於鬆了一口氣，從不完整的記憶拼圖中完全釋放，便對兒子說：「昭，你過來。」

陽昭故意選擇天台另一邊落腳，只因他不願意接觸那個人。

向明月意會陽昭心中的難處，本欲再喚兒子，卻又硬生生把說話吞回來。

陽天見妻兒之間似乎有著難以明言的祕密，正覺奇怪，但突然發現，在場竟不見那絕不可能缺席的昔日戰友，便禁不住問妻子：「老孫在哪？」

向明月沉默了幾秒，難以逃避陽天堅決的眼神，終於細聲說：「⋯⋯他不在了⋯⋯」

死了？陽天本欲追問究竟，但見妻子的身子開始抖震，同時兒子聽到父母的對話，臉色登時沉了下去。

就在此時，金山公主主動走到陽昭身邊：「陽昭同學，你身上的黑隕石殘餘由我來清洗，好嗎？」

陽昭不發一言，金山公主覺得，他又回到二人初相識時那封閉的狀態。

「快去和伯父伯母重聚，這是你的第一次啊！」

她希望這次一家團聚，能化解陽昭沉默的個性，做回那個跟她和虎將約定拯救世界的好夥伴，於是手心泛起了具有清除異物之效的柔和金光，輕輕搭在他的左臂膀上。

陽昭雖感到金山公主的異能帶來無比舒暢，不過這種關懷反叫他萬分羞愧，兩天前孫行土壯烈犧牲的情景立時於腦海洶湧，令他身體恍如跌進那絕對零度的墓穴之中。

他承受不住，揮左臂甩開金山公主，可是金光異能自動產生防禦，十道金色藤蔓霍聲飛纏住陽昭的左臂，不容他加害主子。

然而，金色藤蔓也有探索敵人思想的能力，金山公主本是出自關心，想解開好友的心鎖，卻看見不該看的情景。她突然「啊」地大叫一聲，驚訝地說：「那位老前輩的事……是你？」

由陽昭與暗黑成員在特訓場破解陽天封鎖的資料、孫行土大義攔止陽昭走上歧路，最後壯烈犧牲，整個過程都一一被金山公主窺見。

陽昭被揭破祕密，瞬即崩潰，大力甩開金山公主和金色藤蔓。

孫行土之死，就是陽昭此刻不敢面對父親的最大原因。

陽天從種種片斷的線索，推導出一個他最不願意相信的答案，心情一沉。向明月連忙插口：「陽天……事情不是這樣的……老孫他……」

虎將甫見陽昭動手，便交叉揮起虎牙短刃，攻向這位不再是好朋友的敵人。

陽昭立時舉起受到黑隕石殘餘保護的右臂，擋著虎將攻擊，發出了低沉的撞擊聲。

同時，夜貓四姊妹也一同出手，秋霧急叫：「小心黑隕石！」

本欲快攻的夏雨連忙收招，抽身退出，冬雪則扶起金山公主離開。

春風揮舞長鏈，繫上短刀，飛插向陽昭左邊。

是春風！陽昭心神一晃，刀鋒在他左頰劃過，拉出了一條血痕。

滴答，滴答，鮮血落在地上。

向明月見狀，衝前大叫：「昭——！」不慎失足，跌倒地上。

陽昭任由鮮血染滿半邊臉，露出詭譎的笑容，對陽天說：「如果可以，我有很多事情想問問父親。」

春風記得那是陽昭在書店說的一句話。那時候，她本該對他說：「這是理所當然。如果不提問，永遠都沒法解開疑難，也沒法了解何謂的自己。」

可惜，她沒機會說出這句話便「死」了。因為她的「死」，他的世界變得不再一樣。

陽天先輕輕扶好妻子，然後一步一步走向兒子那處。

這是陽天第一次以父親的身份去滿足兒子的要求。

陽昭卻感到害怕，一步一步後退，鮮血一滴一滴的落在地上，滲入城寨的內部。

虎將等人都停下手來，讓路給這位搜神局的傳說英雄。

爺爺撒加曾在他小時候，向他說過這位英雄獵殺像貨櫃車一般的野豬怪物的故事。所以，他憧憬成為英雄，就是因陽天而起。

陽天停在陽昭身前十步之距，就等兒子主動開口說話。陽昭卻緊張得哭笑難辨，淚水和鮮血混和，滴答又滴答的落在地上。當他正欲開口……

砰！地上的機關突然打開，瞬間將陽昭吞進城寨內。

眾人大愕，春風立即走到機關前呼喚：「陽昭！陽昭！」

自陽昭下令機動城寨吸收家人的力量，並強行插入青銅棒進行干擾之後，青銅碎片不斷侵略城寨各部，引致整座城寨陷入一個幾近失控的狀態。

陽天回頭對向明月說：「阿月，我們一家人會團聚的。」

說罷，隻身躍入那個吞掉兒子的機關中。

向明月抱著對丈夫的信任和交託，不顧自身虛弱，伸手運起「望月之力」，一道銀白月光從天直照，為陽天打開一層再一層向下的缺口。

天空上，銀盤白月與初升旭日並輝，照亮了這座機動城寨。

「朋友，要下班了。」夜照師請螢火蟲向四方飛散。

事實上，戰鬥仍未完結，更大的危機即將來臨，他的預感不會出錯。

在似是無盡的機關中下降，陽天心如止水，處於無極狀態。

面前的阻礙不是機關重重，而是陽昭的怨念。

終於，陽天來到機動城寨的最深處，相當於昔日城寨死巷位置，只見兒子倚在金屬牆的一邊，左臉上的血已凝結了。

兒子別過臉，不敢面對父親，說：「我害死了孫行土……」

但父親的眼睛沒有一刻離開兒子，說：「你我他，終究一死。讓你成長到這地步，老孫該也無憾……」陽天命途坎坷，自兒子出生以來，未曾見過一面。

兒子見父親逐步走近，極力從喉嚨吐出：「他不會原諒我……」

「你不是他，你怎麼會知道……」父親竟然像莊子與惠施「魚樂之辯」般瀟灑，陽昭不敢相信，於是他瞪大眼睛，越說越激動：「你！你怎麼一點也不恨我…？我是殺死你摯友的兇手喔！」

可是，父親卻回應得淡然：「你也是我唯一的兒子！唯一的！」

兒子雙眼變得血紅，握緊雙拳大叫：「又怎樣啊！」

此時，父親已走到兒子的身前，張開雙臂坦蕩地說：「…我們的生命與腳下的大地相比，只是一瞬間而已。當中包含很多對與錯，生和死，光與暗，離和合，該是精彩、豐富的。」

兒子聞言，忽爾沉默。一種自我封鎖，且被月相力量重重包圍的沉默。

父親察覺到兒子的變化，要敞開他緊閉的心靈，這是關鍵一刻，必須將自己的使命告訴兒子，得到他的認同，以及原諒……

「死亡是走向新生的入口，但地球毀滅，萬物就沒有新生的機會。災星回歸，我們不可以化成星塵。」

「不要再說甚麼災星了！」

就因為拯救世界的大義，兒子便無法擁有幸福家庭，一直在孤獨和寂寞中成長，連可以發洩情感的對象都沒有，此刻那位越來越痛恨的父親就在面前，他大吼著衝出，重拳打向父親胸前。

這是他二十二年來怒火燃燒最盛的一拳。

砰！打得結結實實，陽天不閃不避，嘴角流下一道黑血。

陽天感受到兒子的壯健，也感受到他的委屈，這一拳是父親該受的懲罰。

陽昭一拳不夠，重拳連環擊出。陽天甘願承受，他知道那是兒子自出生以來，一直想對父親說的話。

直至再無力握緊拳頭，陽昭方跌坐在地上，抬頭，父親依然屹立不搖。

這才是陽昭夢想中的父親。

陽天不理自己的傷勢，伸手要扶起他。

陽昭抬頭望向父親，問：「你會教我射箭嗎？」

這是他從小的幻想，陽天則以微笑點頭代答。

終於，父子手拉著手，陽昭感到父親的手比太陽還要溫暖。

未幾，向明月看見父子一同回到天台，此情此景終於不再是夢。

月有陰晴圓缺，人有悲歡離合，她高興得說不出話來。

一家三口以後該住甚麼地方，陽天的口味是否還是和以往一樣，陽昭會不會介意與父母同住……

作為陽家的女人，她在這幸福的瞬間想了很多事情。

還有一人長髮飄揚，拿著太歲的遺物，趨步前來，笑問：「你這傢伙幹嘛還沒死？」

啪！陽天與彭博擊掌。

突然，向明月全身像被電擊一樣，沒有一分安定，感到了連月相力量也無法抗衡的惡兆。她急忙尋找，只見遠遠的大氣層外，閃現一道急遽起伏的黑色電流，衝擊她的姮娥基因，再次勾起可怕的遠古記憶。

神明居住的高維度空間再次出現！

向明月陷入瘋狂，大聲叫嚷：「走！大家一起走！」對兒子說：「昭，跟我走，」轉頭再向丈夫說：「你也是！」

忽然，一金一藍兩道流星同時飛出巨大扭曲空間，秒間越過大氣層，一道金光和藍光從天而降，照住向明月。在金藍交錯的光柱中，她的身體開始破碎，最終只來得及說出：「陽……」

是陽天？是陽昭？

話未完，他的愛妻，他的母親，就化成風中的飛灰。

一切是來得多麼突然，陽天和陽昭只能各自抓住向明月的一點餘燼。

飛灰很輕，比不上陽昭心中失去的重。夢想的生活，自此永遠缺少一個人。本以為可以彌補自己成長時的聚少離多，卻成了永遠的離別。

飛灰很輕，落在陽天的掌心依然溫暖，仍有著以往擁抱她的重量。月逝去，日月以後無法並輝。這一點灰，就是她存在的證據。

天台上，每一個人都無法阻止剛才數秒間的劇變。

春風是孤女，這年來得向明月悉心照顧起居生活，已暗地視她為母親。此刻，看著向明月忽逢天劫，終於深切體會失去母親的心痛，流淚和呼喊的同時，也伸手想抓著風中的一點飛灰。

彭博得見昔日同伴重臨，心知多年來錯怪了向明月是殺人兇手，本要彌補這個遺憾，她卻招致天降橫禍。歉疚之情難平，他握緊長桿煙斗，燃燒起莫名的憤怒。

虎將、夜照師，雖對同伴至親之死感到婉惜，但此刻風急勢危，不得不立即作出最高級別的戒備。

金藍兩道流星飛近地面，同時散發出星火，星火在初晨的天際四散墜地，一瞬間形成籠罩整個機動城寨的結界。

兩星降落至眾人所處的天台，終於展現出神明的形象。

金光中的形如鳥人，藍光中的則是壯碩的男人，比人類高三倍，如同神廟供奉的巨大神像，凡人只配敬畏和景仰。

儘管外形不一樣，二神卻都是宇宙間最高規格的存在——機械生命體。

位於地球大氣層外的高維度空間，由「天龍八部眾」管轄，即一天、二龍、三夜叉、四乾闥婆、五阿修羅、六迦樓羅、七緊那羅、八摩睺羅伽。

天，是至高無上的帝釋。

在一九九九年的大戰中，只有陽天一人，留有帝釋現身時的記憶。

夜叉族的一位戰士，因為被帝釋預言將會背叛八部眾，便逃出高維度空間落難地球，隱身於泰國一座小寺院的夜叉像中，等待反擊的一刻。

被逐出高維度空間的阿修羅，過著失去記憶的渾噩日子，時常出沒於印度境內。

至於其他神眾，也在人類的傳說中出現，成為救世的英雄。

向明月率先被殺，只因為在兩位神明的思考中樞中，一直存在著消滅「姮娥」的行動指令。

祂們正是在二千年前消滅月球背面「姮娥」基地的兩位神明。

乾闥婆和迦樓羅。

「敢與神明一戰嗎？」

陽天擦過眼角淚水，輕搭兒子的肩膀。

陽昭對母親的死激動未減，聽到父親的話，復仇心燃燒至極點。

城寨下眾人忽見天降異變，兩個大型機械生命體落在一百層高的天台上。

外星異形紛紛驚呼：「是災星的住民！我們完了！」

就在這時，暗黑搜神局的家人們收到陽昭發出的危險信號，命他們趕快逃走。

留在地面指揮的見道，亦對搜神局一方發出撤退命令。

小男生拉一拉見道的衣袖，指著城寨上空那層色彩幻變不定的薄膜，說：「我們走不掉了，是災星住民的結界。」

二人身旁的林英急忙用通信耳機聯絡：「虎將、金山公主及夜貓小隊，全體撤回運輸機！」陸續收到春風等人的回應，只差虎將一個，她便追問：「林康柏，你幹嘛？」

「姑姐，我不會辜負爺爺之名。」虎將目送夜貓小隊帶金山公主離開，便丟掉自己的耳機，走到陽天的旁邊。

夜照師抬抬眼鏡，也和彭博一起走過去。

陽天仰望兩位神明，傲然而問：「敢與凡人一戰嗎？」

第十三回

梵天帝釋

在世界各地的災星傳說中，各個民族和部落對這顆災星都有不一樣的描寫，但相同的是，它是黑隕石的源頭，也是宇宙間最大的災害。

凡它出現的時刻，必有不祥災禍降臨大地。

大氣層外的異象，陽天等人只憑肉眼已可觀察到，一顆黑色彗星竟然保持與地球自轉的速度同步，停在頭頂。

吸盡四周光芒的彗星頭噴出旋動氣流，在大氣層頂端的散逸層颳起了一場黑色暴風，無數的黑色閃電橫越數十公里天際，長達百多公里的彗星尾亮得刺目，一顆又一顆黑隕石從中剝落，穿破大氣層，於天空瘋狂四飛。

在地球活過數百年的笑面虎，以及在美國51區長期接觸外星文明的彭博，都是第一次如此清楚看到阿雷斯彗星。

也許這只是它此時此刻的形貌，但他們還有機會等到下次災星回歸嗎？

陽天、見道和孫行土三位搜神局特工，皆熟讀阿雷斯彗星的資料，但今天一睹災星的真面目，卻發現那已超越了任何文獻的認知。

陽天仰望災星，竟油然生起可敬又可畏的念頭。

在眾人之中，只有向明月無法欣賞它的偉大，而是想到一位可怕的神明……

祂，貴為「天龍八部眾」之首，長居於高維度空間，是全世界所有創世神話的最高神明，尊號雖不一樣，但實指同一神。

突然，阿雷斯彗星附近的大氣層邊緣發生異常的振動，裂出一個黑色電流急遽起伏的巨大扭曲空間。

陽天想到那輕易扼殺四千萬個外星生命的機械巨掌，就是從這空間而來，壓不住內心的激烈，引腔怒吼。怒吼聲未止，從扭曲空間射出一道光芒，遍照眾人所處的時間洪流中。

五人一獸眼前盡是祥和的虹光，身上的戰意全被化去，起伏的心情變得平靜如水。在這奇妙的狀況下，他們都看見自己的至高神明。

孫行土和彭博所見的，沒有固定的形象，不斷改變，都是他們從各地宗教經典所知的創世神。

見道看到的則是四顆頭、四張臉和四隻手臂，正面的那張臉長了一綹代表永恆的白鬍鬚，口中誦讀《吠陀經》。他一隻手握有一支湯匙形的權杖，一隻手拿著一串念珠，計算著宇宙時間的流逝，正是創世神「梵天」。

唯有日月二人和鑿齒，能夠見到祂真正的形態。若然人類是依照神明的形象創造，神明就是最完美的呈現。血肉和神經，只是低級的構成；有機與機械，才是宇宙高層次的融合。

於陽天、向明月和笑面虎的大腦裡，所接收到的形象是一個高約百呎的人形機械生命體，一手指天，一手指地，兩腳徐徐站立在大地上。祂金髮亮如太陽，雙目緊閉，獨露眉心的天眼。黃金戰甲披身，每塊金屬肌肉都呈現柔軟性，水銀血液在半透明金屬血管內流動，隱約可見。

「是萬能的帝釋。」笑面虎不禁讚嘆。對他來說，高維度空間沒有時間觀念，幾乎是永恆的存在。

最高的領導者「帝釋」歡迎一切通過回應的眾生，來到極樂的國度。

祂除了管天上的事情，也管人間的事情。究竟祂為何而來？

向明月驚覺眼前的巨人就是帝釋，就是祂，在現實時間中曾下令毀滅了海底王國「歸墟」和月球背面的「姮娥」基地。

陽天看了帝釋指向天地的機械巨手，的確是祂掌控地球的生死，眾生不可違逆。

帝釋突然降臨大地，因為祂發現一個不該出現的偏差，與一小撮人在干擾時空。

維持地球平衡，不容出現絲毫的偏差，否則終會釀成失衡。到那時候，神明為了清洗這偏差，將不惜發動足以帶來大規模生物滅絕的災難。

由機械構成的天眼，比水中月更清澄。

只一瞥，祂便發現了那個橫跨地球三十二年的偏差。

笑面虎來到帝釋跟前，虔誠跪地，帝釋卻視如不見。笑面虎彷彿知道，自己還沒有資格進入高維度空間，心忖難道還做得不足夠？

帝釋的視線投在向明月身上，這是個被祂震懾至全身顫抖的陰性生命體，也是姮娥的後裔，眾人之中最具破壞力的一人。

天眼變得比血海更紅，但目光從沒有離開過向明月。

她登時骨折肉裂，發出淒厲的痛叫，陽天見此立即撲前營救。

要走，便一起走；要死，也一起死。

陽天大叫：「笑面虎！」

笑面虎聞言，放出手上四個黑隕石能量方磚，在空中互撞，發生極大的爆炸，激發時間洪流的光帶順時流動。

在時間洪流的另一邊，九龍寨城公園，小男生詫異地看見空中的黑隕石方磚產生了共鳴，心想他們要回來了……？

對帝釋而言，時間的流逝與回溯是沒有意義的。

高維度空間完全脫離現存宇宙的維度，帝釋不需要理會這次干擾的結果，只要讓那個負責修正的執行者知道出現了偏差就夠了。

時間洪流的光帶開始流向現實世界的時間點，孫行土雖然見到光帶就在不遠之處，但已傷重得無力再動一步。

幸好，見道拉著他僅餘的左臂，縱身投入光帶。

見道回望彭博，只見他仍抱住重華的屍體留在原地，像是沒有想過要離開似的。

笑面虎趕急對彭博說：「快走！能源一旦耗盡，時間洪流便會停止，大夥兒就回不去了！」

彭博毫不理會笑面虎的話，只是盯著陽天。笑面虎搖頭嘆氣，失望地投進光帶去。

陽天擋在向明月身前，雙手橫揮，左右各自生起正反兩股力量，大喝一聲，雙拳揮向地面的隕石坑，一道黑色閃電從坑底沖天而起，擊中陽天。

那不是閃電，而是源源不絕的黑隕石能量，圍繞著他全身，衝破身上種種束縛，令他成為黑隕石能量的載體。

他雙手張弓搭箭，因為黑隕石能量的異化，箭尖有如大氣層外的阿雷斯彗星，噴出旋動的黑色風暴。

對付神明的必中之道，他還未掌握，但為救同伴們於險境，他需要更大的力量。

彭博漸漸掌握陽天的狀況，才開始看清楚帝釋的真正形態。

「這個渺小的地球人竟然敢對抗神明，『母親』，您也來笑他不自量力啦！」他用力抱著靈魂早已逝去的重華。

陽天拉箭的左臂，肌肉開始撕裂，鮮血濺到背後的向明月臉上。

向明月被血腥所刺激，雙手又開始抖動，即使腹中的小生命不斷發出危險警告，也無法遏止她即將爆發的瘋狂……

陽天的箭尖指向帝釋眉心的天眼，絲毫不差。他要向眼前這位至高無上的神明，作出下剋上的挑戰。

只不過，現在仍未是發箭的時機……

彭博看見陽天身上凝聚了越來越濃的黑隕石能量，幾乎令他通體透黑，就連傷口流出的血液也變成了黑色。

同時，箭尖旋動的氣流，加速越來越劇烈，快要連神射手也無法控制。

按彭博的計算，若十秒內陽天仍不發箭，定必被力量反噬，既保護不了妻兒，更會一同自毀當場。

不，他的時機，正是力量失控前的最後一秒？

彭博為了幫助這不打不相識的盟友，下了一個決定。

他輕輕吻了重華仍帶暖的左頰，流下人生最後一滴淚。

帝釋指天的手剛開始有所動作，忽然一道紫色人影飛襲其天眼，赫然是一具沒有生命的木星有機載體。

死去的重華是無法進入光帶的，彭博狠下心來，借至親的遺體干擾帝釋，以換取陽天發招的先機。

在彭博放手的一刻，淚止了，將目光從重華身上移開，只要陽天乘此良機發箭，便有機會帶同向明月安全脫離險地。

彭博人已退到光帶前面，準備好接應陽天夫婦。

「沒時間了，陽天！」彭博大叫著。

就在箭尖到達聚力的臨界點時，陽天背後突然出現了一輪黑月。

向明月臉上再次泛起「晦月之相」，雙掌猛力從背後偷襲，陽天仰頭噴出一口黑血。

不可能吧！不可能吧！不可能吧！不止彭博被此突變嚇得愴惶失措，就連本已進入光帶的見道和孫行土也察覺異象，忍不住回頭，目睹這個情景。

陽天非死不可，這是羿與姮娥的宿命？

彭博終於領悟自己無法改變這個事實，只得望了兩夫婦的身影最後一眼，回頭死心進入光帶，推走不肯離開的見道和孫行土。

浮光掠影，三人迅速流向現實世界的時間點。

噴血後的陽天，力量卻反而急劇提升，更借妻子的「晦月」之力推動五行箭氣，到達那不可駕馭的層次。

若要挑戰神明，他就需要妻子的所有力量。向明月亦回應丈夫的要求，一點不留地傳給他，多一分力，就多一分離開的機會。

漸漸地，向明月感到腹中那叫「陽昭」的孩兒的感應，於是不顧丈夫的箭氣影響，靠著他強壯的背部流出熱淚。

此時，陽天感覺到一家三口的脈搏同步跳動，生死與共。

然而，他也瞥見時間洪流的光帶開始轉慢，於是回過頭，情深地對向明月說：「『射日之羿死於地球，姮娥奔月不死』已應驗了，但昭需要妳……」陽天心知這也許是他的遺言：「妳便忘記一切吧……」

說罷，陽天放開左手，射出那支融合五行氣勁、黑隕石能量和晦月之力的黑石箭，然後一手把向明月推往即將停止的時間洪流。

向明月不斷大叫陽天，心裡千萬個不願，掙扎著要回去，可是從光帶裡卻有一人把她拉住，是笑面虎。

笑面虎一直沒有離開，就是為了等待支援陽天。

就在時間洪流即將消失的一剎那，笑面虎和向明月都看見陽天無懼地發出的那一箭，引動了鋪天蓋地的大洪水，湧向至高無上的帝釋。

那一箭，創造了一個勇敢挑戰神明的英雄傳說！

時間洪流受到陽天強勁的一箭所影響，產生了亂流，帝釋也趁此干擾其中，正回到現實世界的四人一獸思考開始逆亂，有關遇上帝釋的記憶亦完全流失……

見道猛然發現，自己正扶著一個陌生人，心想他到底是誰？但見自己渾身是傷也不放手，那人一定是同伴，而且是值得付出生命的重要同伴……

砰啪！見道扶著那人，跌倒在石磚鋪成的地上，還未搞清楚狀況，只見一位小學生模樣的男生緊張地走近，問：「你們幹嘛，只是離開了一分鐘，每個人就傷得這麼嚴重？」

見道定神回望，彭博在衙府前推開兩個想扶起他的異形，向明月則倒在大樹下，而自己身邊的人是孫行土前輩……

從外星來的兇獸都沒有回來，但……

陽天去了哪？這也是在場眾人追問的問題。

在不遠的園林涼亭內，那頭僅存的兇獸慨嘆著這場大戰的結局。

「只是過了一分鐘，便失去了一切。每個人所承受的痛苦，將會在往後的日子慢慢從記憶中滲透出來。人類命短活不過百年，原來是一種幸福。」

可是，他的痛苦卻在這一刻湧了出來，同時帶著一點點遺憾……

他失去了一個親如手足的好兄弟，心在絞痛。

他只得多望了向明月一眼，留下一句無聲的詛咒，才悄然離開這個回憶之地。此間，痛苦的回憶凌駕於快樂的人，從此以後永遠不會改變。

與此同時，半空中的黑隕石方磚亦耗盡能源，化成灰塵隨風飛散。

點石齋地底的實驗室，孫行土痛不欲生地躺在手術床上，見道和小男生圍站左右。

見道擔憂地說明：「⋯前輩，現在要進行的手術，是在你體內建立一個以人造心臟為主幹的生化系統。」

小男生插嘴：「有我在，你大可放心，否則誰來照顧睡在樓上的那對母子？」

孫行土知道自己餘生將會成為生化人，便把僅餘的左手放在胸前，感受虛弱的心跳，努力吐出每個字：「⋯不能沒有心痛的感覺⋯求⋯求⋯⋯」

在心臟跳動最後一下的時候，孫行土回想起他半昏迷地離開九龍寨城公園，彭博大力摑了他一巴掌，不甘心地說：「去你的搜神局！二零二三年來不來也不關我事！」

明明是回憶，臉上的痛楚卻很真實⋯⋯回過神來，原來是小男生不斷拍打他的臉，並說：「都一星期了，該醒過來了吧。」

孫行土從昏迷中醒來，眼睛和耳朵開始習慣四周的環境，才發覺見道正蓬頭垢面地盯著電腦屏幕的各種資料。他走近孫行土，聲音沙啞地說：「前輩，你起來了，輪到我睡啦。」

三天前，點石齋的小閣樓，向明月醒過來了。她正陷入生死邊緣，內心多次呼喚丈夫的名字，卻傷重得叫不出聲。但能叫出來又如何？陽天根本不復存在。

此時，她寧願死亡在下一秒到來，讓她可以前往戰死的丈夫身邊。

可是，她腹中傳來了一下微弱的跳動。

陽昭——陽天與她留存世上最後的結晶——像要告訴母親，他沒有放棄生存的機會。

向明月心念一動，撐著懷孕的身子，翻出了丈夫出戰前交託給她的小錦盒，裡面一個白色的能量光團，正是「西王母」所贈的「不死藥」。

藥名雖為不死，但死而復生的奇蹟卻只此一次。她服下不死藥，選擇了抵抗死亡，成為一個普通人，帶著兒子生存下去。

當孫行土回復到能倚牆而行，起床來到小閣樓與向明月會面時，二人恍如隔世。

他們都答允對方，一切很快會回復尋常，讓陽天不論生死都可以安心。

現實的時間流逝得太慢，好不容易才來到大除夕……

一九九九年大除夕，全世界都在慶祝，普世歡騰。相比中環蘭桂坊的人頭湧湧，不遠的上環點石齋更顯得冷清。

晚上八時，向明月與孫行土一起在店內吃過晚飯，在收拾碗碟時忽然說：「老孫，今晚的蘭桂坊應該很熱鬧的，我想過去看一眼。」

孫行土心想，定是陽天曾與她一起到過那邊慶祝除夕，就答應了。

還有半小時便要踏入二零零零年，二人要出發之際，向明月忽然覺得有點不舒服，便回到小閣樓稍作休息。

於是，孫行土坐在酸枝椅上百無聊賴，看著店內的擺設，很難令人不想起陽天，心忖待陽昭滿月之後，就重新裝潢店面吧。

清晨五時，向明月突然開始陣痛，並穿了羊水，孫行土知道陽昭快要出世。

孫行土急問：「阿月，妳入院的東西呢？」

「我想在這裡生產……」向明月望著牆上掛著的狩獵弓，淒然笑道：「想給陽天……看到孩子出世……」

孫行土聞言心酸，知道向明月生存的最後一根稻草，是相信陽天從來沒有離開過，便安慰她說：「我現在去找夜診醫生來。妳一個人要小心。」

孫行土剛走出點石齋店門，便聞到風中飄來燃燒茶葉的香氣，一人陰晴不定地手持長桿煙斗走近。

此刻的他沒有戴無框眼鏡和白色手套，也沒有整理儀容，任頭髮隨風亂揚，平日的貴公子氣質已蕩然無存。

「Happy New Year!」彭博走近孫行土，強裝笑容說：「殺人兇手在不在？」

孫行土聽他語無倫次，疑似走火入魔，莫非與木星同步時出了岔子？

「彭博，你回去吧，這裡不是你的地方。就算陽天不在，還有我。」孫行土守在點石齋門前，不許彭博踏入半步。

孫行土的身體超過一半經過生化改造，一切力量皆由體內的人造心臟驅動。就算彭博的木星力量勝過人類科技，十招之後，孫行土仍死守不退，誓要保護陽天的家人。

「孫行土，你真討厭。」彭博提起煙斗，吸過一口茶煙，任由煙霧留在體內，侵蝕他的意志，說：「我和你，都親眼看見那兇手偷襲陽天……」

孫行土反駁：「她跟我說過，陽天推她離開時，叫她忘記一切……即使事情真的如我們所見的，這也代表陽天已原諒了她，明白嗎？」

彭博聽後一直在笑，左手綻放一朵血色薔薇。

砰隆！孫行土後背撞破店門倒飛而入，連翻帶滾，跌坐地上。他想站起來反擊，人造心臟卻已快負荷不了。

日出的微光照著技高一籌的彭博走進店內，孫行土只得伸出阿修羅之臂，死力擋住彭博的去路，眼神祈求他不要再上前。

彭博一時停步，報以憐憫的目光，並用長桿煙斗指向他的眉心。

額前不斷飆升的溫度，不止是燃燒茶葉的熾熱，而是「第二個太陽」的前奏。

孫行土按著胸口，示意人造心臟自爆，不惜與這位盟友玉石俱焚。

突然，小閣樓傳來了女人的痛叫，彷彿通知陽天的孩子快要出世。

彭博循聲望向通往小閣樓的階梯，長桿煙斗的茶煙卻迷惑了他的意志，從階梯燒出了一片火海。

眼前的情景，正是他十六歲時於啟德遊樂場門前所見的幻象之一。

那兩個幻象，如果鑿齒巨獸代表笑面虎，那麼黑隕石內的嬰兒莫非是……？

長桿煙斗顫抖起來，離開了孫行土的眉心。

「是個男的嗎？」彭博雙眼開始湧淚，說：「沒有父親的孩子……很可憐啊！」

孫行土見彭博回復以往的神情，便問：「你會接生嗎？」

彭博呆了一下。

不一會，一陣響亮的初生嬰兒哭聲從小閣樓傳出。

那時候正是新世紀的第一個晨曦。

一小時後，香港最好的兒科醫生和護士趕來點石齋。

中午時份，香港最好的陪月女傭前來報到。

下午二時，孫行土才得以坐在酸枝椅上打瞌睡。

小閣樓上，虛弱的向明月抱著初生的陽昭，累得倚在床頭睡著了。

陽昭的眼睛睜得大大，好奇打量這個世界的光影，偶爾會張開小嘴打呵欠。

站在床邊的彭博，覺得陽昭的哭聲一點也不像幻想中的那陣哭聲，心裡有點失望，最後在向明月耳畔輕聲說了幾句，便悄然離開。

「忘記或記起，都不是好事。這孩子就是妳的新開始，別糾纏在這裡了。」

三天後的下午，孫行土回來顧店，發現向明月已不辭而別。

當天上午，比向明月年長三歲的大哥駕著小型貨車，載著父母從新界西來到上環，接妹妹和初出生的外甥回家。

父母見到趣致的外孫，才知道女婿陽天已在去年九月一次行動中殉職，一時間不知該喜還是悲。

大哥幫忙收拾行李，問：「妹，還有沒有其他？」

向明月指著牆上的狩獵弓說：「小心點啊，陽天只剩下這個了。」

大哥一時好奇：「原來妹夫愛射箭的嗎？那，妳想昭昭也會射箭？」

向明月搖一搖頭，不想面對這問題，來日方長。

二零零六年仲夏夜，向明月帶六歲的兒子到尖東海旁觀星和賞月。

「昭，要學會照顧自己。」向明月對陽昭說：「媽很快要離開你了，我有比你更重要的事情要做。」

她餘下的人生要留給三星堆，發掘古蜀國的外星文明。

那天晚上，正是向明月拿出陽天的狩獵弓給兒子看的一星期之後。

小小的陽昭疑問，自己是不是做錯了事，是不是不該問關於父親的事？但他一直埋藏在心中，沒有說出來。

二零一三年元旦，十三歲生日的陽昭寄住在舅父的家，嘗試用電腦的視像電話聯絡不知身在何方的母親，想對她說一聲「新年快樂」，或許也會聽到她久違的一句「生日快樂」。可惜，向明月沒有接線。

那時候，向明月正在三星堆文物坑中，埋頭研究古蜀國的青銅器，它們封存的黑隕石元素，將會是為夫復仇的關鍵。

二零一四年七月，東天王秦豪安詳離世，最後的時刻全家上下三十人都陪在床邊。

律師當場讀出他的遺囑：第一條，必須滿足陽天及其家人所有要求，即使動用秦皇地產的所有資產也在所不辭。

第14回

不完的神曲

MMXXII

面對陽天不畏神威的宣戰，乾闥婆右手提起用透明黑隕石雕造的九弦琴，並示意迦樓羅不要插手。

迦樓羅不屑與人類私鬥，既然乾闥婆愛玩弄人類，祂便振翼飛上三百層高的天台，等候執行指令為止。神明約定，絕不插手。

乾闥婆全身浮現華麗的蒼藍色，每個機件運作時都發出音樂般的聲音。祂眼睛裡有一顆藍色寶石，看見城寨地面的半機械生命體，露出藐視的神情。

之後，乾闥婆右手的黑隕石九弦琴，琴弦竟自動彈奏起來。

可是，陽天等人沒有一個聽到琴聲。

乾闥婆不屑：「這是天樂，超越人類的官感和情感，若你們擺脫生死的拘束，便可以感悟那永恆和諧的天樂。」

「我看見了，是很美麗的音符！」只有夜照師看出天樂的真相。

琴弦奏出的，是一個又一個機械「飛天」。敦煌石窟壁畫上的禮樂天女，就是以乾闥婆奏出的飛天為藍本。她們如人類大小，擁有妙齡少女的體態，身上拖著隨風飄曳的衣裙、飛舞的彩帶，在空中歌舞飛翔，伴隨天樂韻律，散出漫天花香。

除了夜照師，其餘四人皆是受馥郁的花香刺激各感官，才看得見她們的存在。

飄帶舞動，機械天女們降落在城寨的中央地帶。

一個天女帶著微笑，揮動纖細手指，輕點一個半機械改造的異人額頭，他本來滿是疑惑的臉容，立即變得安樂舒泰，展現與天女同樣的微笑。

過百個接受機械改造的異人、異形和暗黑成員，也同樣得到天女的禮待。

一秒後，他們身上的機械組件全部爆體而出，鮮血染滿了眾天女。

之後，天女灑灑輕盈地飛舞離開，將身上的血液散成紅花，飄揚空中。

此情此景觸目驚心，陽天等人卻按兵不動，不敢在神明面前露出任何破綻。

天女們回到乾闥婆的身伴，追逐嬉戲，乾闥婆伸手輕撫她們的臉龐。

「開場的天樂過了，羿的偏差，由我修正。」乾闥婆左手放在九弦琴的第三條弦上。

羿的偏差？在場只有陽天知道，那是一九九九年大戰的延續，是他不願修正偏差，釀成現今更為嚴重的後果。

妻子先死，下一個會是自己，還是兒子？

陽天在乾闥婆撥琴弦之前搶攻，右手聚氣，化出正反兩極，飛襲這位音樂之神。

同時，其餘四人相繼出招。

陽昭將母親的飛灰緊握在左手掌心，輕吻左拳，然後猛力揮出一把烈火弓，右手運金火氣，混合成如陽光燦爛的氣箭，正如他「烈陽箭」的名號。

虎將提升戰衣的警戒級別，釋放他取大自然力量用於己身的「虎將戰道」！

彭博收回了長桿煙斗，做出這二十二年來一直抗拒的事，伸手向天與家鄉木星同步。

夜照師則抱緊書本，屏氣凝神，觀察乾闥婆的動作。

此時，乾闥婆撥出了第一個琴音。這次五人都聽得到了，是人類的音階「Mi」。

「是第三弦！」夜照師大聲疾呼。

在琴音撥出的同時，陽天的太極氣勁化成五支正反相拒的氣箭，直射向九弦琴。

陽昭射出了烈陽箭，直取乾闥婆的頭部。

虎將揮動虎牙短刃，化成銳不可擋的猛虎噬！

彭博舉起木星斑紋流動的右手，掌心綻放出一朵血紅的木星大紅斑。

四人出招的時機各有先後，卻在第一個琴音延長一半的瞬間，同時抵達乾闥婆，才驚覺自己的進攻節奏被神明控制了。

乾闥婆再撥動第一條弦，陽天等人的攻擊完全被彈回，跟著是第四弦，琴音更將他們直壓在乾闥婆跟前。

然後，第一弦，第五弦，第九弦，第二弦，第六弦，第五弦，第三弦……同時，天女們繞著天台飛翔，唱出悅耳的伴奏之音，把天樂變成神曲。

乾闥婆的手指在九弦間飛舞，音樂無斷，每一個琴音都折磨著陽天等人的五感。

乾闥婆看見五人在這神曲中卑微地受盡折磨，感到了暢快的喜悅。而且，這份喜悅無窮無盡，因為祂彈奏的是一首永不結束的樂曲。

夜照師單膝跪地，由於剛才沒有出招被反噬，於五人中受傷最輕，神志也最清醒，只有他聽得懂，這首神曲出現過的九個音律的次序——3.14159265358979……這是π！

現代，π表示圓周率，是一個無理數，小數點後的數字隨機分佈，永久不會重複，永遠不會結束。

古代，π是神明教導人類建築、生活及德行的神聖符號，無處不在，特別用於神殿大門的建造，以示人類感謝神明的智慧。

神曲永遠不完，但人類生命有限。

眼見五人無法反抗，乾闥婆是時候展開一場盛宴。一場毀滅眾生的盛宴。

天女們再次飛離乾闥婆，把這篇樂曲傳播到城寨的每個角落，少了她們的伴奏，神曲的威力稍為減低。

夜照師醒悟：「凡人的確敵不過神曲，但我們能削弱它的威力……」

他不斷翻查腦海中的藏書庫，希望找出一本能反敗為勝的書。

「有了，《莊子》！」夜照師急速找出書中的《齊物論》，尋找出一條公式。

風吹萬物，在不同環境下發出不同的聲響。因此，天籟就是「人×環境＝呈現的結果」。

「環境和人是兩個變量。但是環境更多是天命氣運所致，人難以改變太多，要想讓呈現根據《莊子・齊物論》記載，子游曰：「地籟則眾竅是已，人籟則比竹是已，敢問天籟？」子綦曰：「夫吹萬不同，而使其自已也，咸其自取，怒者其誰邪？」

的結果數值更大，那麼要做的就是提升自己的心境，提升自己的能力。」

夜照師竭力舉起左手，拍向地面，一下，一下，一下，發出啪、啪、啪的響聲。

乾闥婆開始注意那個穿著白色襯衣的人類，何以干擾神聖樂曲，但祂手指依然毫無偏差地撥著琴弦。

跟著有第二個人也開始拍動地面，這人不懂音律，打亂神曲的節奏，赫是虎將。因為虎將曾與夜照師並肩作戰，所以能聽明白他的提示。

虎將只讀過莊子的《逍遙遊》，了解由凡人蛻變成虎將，需要付出如鯤變鵬的努力。此刻，他不知道天籟是何物，只知自己亂打一通，影響了敵人的心神，減低了神曲的威力。要是這樣行得通的話，他可以一往無前！

虎將雙手撐著地面，咬牙發出虎吼，不顧一切掙脫乾闥婆的琴音，霍然站起。待五感稍為清晰，他雙掌互擊，借勢拍打身體各部位，發出不同節奏的聲響。

敲擊身體是原始的音樂，虎將所屬的山族保留了這種古老文化，有助肢體協調發展，不但能提升敏捷度，更可刺激左右腦開發，是戰士的基本訓練。

虎將愛聽流行曲，有段日子喜歡將音樂節奏融入武術，可是他在這方面的造詣遜於四位義妹，便放棄了這練武方式，此刻令他有點後悔。

想到這裡，他拍打的節奏更是凌亂，乾闥婆也加大了撥琴的力度，用千年橡膠製成的虎將戰衣開始呈現裂紋。

虎將心知這就是極限了，於是鼓起全力，向地面猛力轟出一拳，大叫：「陽天前輩！」地面的爆裂聲在一秒間完全蓋過琴音，將天台上五人暫時釋放出來。

陽天握緊右拳站起，怒盯乾闥婆，左手轉出太極力量。

在夜照師和虎將用音樂節奏來對抗神曲時，他只想到妻子死去的事實。陽天振動唇片，引腔狂歌，唱出天地無聲，就連神曲和周遭的聲音都被他手上的太極力量所吸收。

陽昭也站起來，卻見父親沒有半絲哀痛，他無法理解父親的心情。

其實於陽天心裡，向明月最初是沒有生命、沒有形體、沒有能量、沒有氣的，後來誕生於世上，才變成了有氣、有能量、有形體、有生命。如今，她只是回歸原點。

而宇宙萬物的原點就是無極。

聲音也是能量的一種，被陽天手上的太極所吸收，就是回歸原點。

乾闥婆撥弦無聲，一時心亂，節奏在微秒間出現了誤差。雖然祂立即修正，但天台上五個卑微生物已陸續站起來，尤其陽天手上的太極驟然產生變化，化成沒有正反的無極能量。當太極回歸無極，無極便要創造萬物。

彭博長髮飛動，雙手合抱，以生命釋放刺目而熾熱的光芒，從地面升起了「第二個太陽」，直攻乾闥婆右手的九弦琴。

亮光一過，九弦琴無損半分，但陽天已飛身來到乾闥婆眼前，猛然大喝，五行箭氣推動左手的無極能量，發出如宇宙大爆炸般的放射式攻擊！

砰！砰！砰！砰！砰！砰！砰！砰！砰！砰！連串攻擊完全掩蓋了乾闥婆的琴聲和哀號。

待陽天落回天台，乾闥婆的頭部已化為飛灰，只留下一副無頭的身軀。

同時，百多個機械天女失去了主體的控制，墜地停止機能。

晨光映照雲霞，形成一隻金色翅膀的大鵬鳥。

三百層高的天台上，鳥頭人身的機械生命體「迦樓羅」，眼睛的光芒如同閃電，披上用瓔珞編織且綴有寶石的華麗輕紗，振動金光燦燦的巨大翅膀，令初升太陽也變得暗淡無光。

祂正振翼恥笑乾闥婆的無能。

此時，下方傳來一陣叫喊，祂循聲望去，只見那位代號「羿」的戰士，整隻左手無力地垂下，皮肉筋骨已重傷殘廢，或許是戰勝神明的雄心麻醉了所有傷痛。

陽天舉右手遙指迦樓羅。

「輪到祢！」

傳說中，迦樓羅以毒龍為食，清除了人間的障礙，被奉為英雄神鳥，展翅時能遮天蓋地，鳥爪堅固無比。

迦樓羅的翅膀隨便往機動城寨一搧，城寨登時被劈開成兩半！

第十五回

群龍無首

那一箭之後，到底發生了甚麼事？
陽天完全沒有半分記憶……他定過神來，卻發現自己正盤坐
在帝釋的巨大右掌上。

掌外的世界是四方八面洶湧而至的大洪水，直灌巨型黑隕石形成的隕石坑。海平面上升千呎，浸沒大量土地，留下一塊熟悉的地形。海島這邊，就是香港；半島那邊，就是九龍，陽天成長的地方。

是這巨大的神明故意給他展示這一幕，讓他安心接受死亡？

到了這地步，死有何懼？

但願他的死也能像仙槎一樣，在地球上空奮力燃起一場天火，喚醒有能力抵抗的異能人士，聯手對抗不可逆的神威。

可是，機械巨掌並沒有異動，只有一個發光符號浮現在陽天面前，與他曾在靈石斷面上見過的同一系統。

他甫見這個外形有如雪花六稜柱的光符，腦海立時逆亂，刀割般的頭痛隨之而起。叫陽天內心震撼不已的是，他竟然看得懂光符的訊息，那是來自帝釋的訊息！

「回歸母體！」這是陽天第二次收到這訊息。

第一次是在一九八八年，靈石告訴了陽天這個要求。靈石是來自阿雷斯彗星內部的一顆碎石，因種種事故而流落地球。為了於二零二三年回歸彗星母體，靈石希望能與擁有羿體質的陽天結合。

可是，這一次的情況卻大有不同，陽天看出了這光符所包含的過億段訊息。當中最重要的一段是，「出現偏差」。

陽天很快便重整了原句的意思：「被派出來修正偏差的生命體，出現了偏差。」

誰是那個被派出來修正偏差的生命體？在哪裡出現了偏差？

此時，光符忽然轉成另一個，似是帝釋要回答陽天的疑問。

雖然陽天是初次見到這一個光符，但他很清楚，它像極一個與自己人生息息相關的文字——羿！

一個神射手的代號，世人都是如此理解的。

形似羿字的光符帶領陽天的思考，讓他知道這是一個修正行動的指令。

「修正行動的命令？」陽天正欲追問，帝釋已捧著他來到地球大氣層的邊緣。

巨掌上的陽天不但沒有缺氧窒息，還不受無重力的影響，繼續安穩盤坐。

在他面前的就是黑電急遽起伏的扭曲空間，而這扭曲空間之後，就是笑面虎日夜盼望的高維度空間，難道帝釋要帶他進入諸神聚居之地？

突然，陽天看見一顆黑色流星從扭曲空間飛出，以時速五萬四千公里進入大氣層，那不是一般的黑隕石，也不是像靈石般半透明的暗石，而是一顆黑色透明原石！

黑色原石與大氣摩擦，點燃出攝氏二千度的火焰，化成一道火流星，拖曳著久久不散的火紅弧線劃過天際，墜落地面時砸出三十公尺的圓形坑洞，火海一片，燒毀掉方圓一百公尺的一切。

時間是一九六七年中秋節前八天，地點是香港西貢一帶的無人小島。

原石的透明外層浮現一個「羿」字光符，石中開始培育一個胚胎。

三天後，秋涼的氣溫冷卻了原石。原石裂開，傳出了一陣男嬰的哭聲……

所有情景都傳入了陽天的腦海。

他霍然站起來，醒悟自己就是那個被派遣出來修正偏差的生命體，在執行「羿」這修正行動時，竟然出現了偏差？

羿字形的光符繼續領導陽天的思考：指令未完成，不可忤逆。

陽天疑問：「到底那是甚麼樣的修正行動？」

這個生命體只要獲得古蜀國的青銅弓，便會覺醒神射手的技能，殺死六頭危害地球生物發展的外星兇獸完成使命之後，便可以老死在地球上。

可是，由於途中出現難以預料的偏差，影響了地球發展的平衡。

現在，陽天只得繼續執行羿的指令並修正偏差，等待二零二三年回歸母體，否則便會與地球一起化成星塵。

是羿沒有殺死六大兇獸中的鑿齒，還與他產生友誼？

是羿推翻了羿與姮娥的宿命，並且衍生了下一代？

陽天舉拳大聲駁斥：「那不是偏差！是我陽天的人生！」

光符沉默，彷彿帝釋因陽天的抗辯而開始思考。

陽天抬頭挺胸，無畏無懼，大不了是即時成為星塵，不用等到二零二三年。

「你想知道人生的最後嗎？」

第一次，帝釋不是透過光符，而是親自傳達訊息，它好像早存於陽天的大腦內，到了適當的時候自然地浮現。

陽天點頭，無悔無憾。

帝釋的機械巨掌終於動起來，手指輕彈陽天飛向大氣層。陽天運起全身的能量和氣勁仍不能自控，登時燃燒成一顆異常明亮的火流星，橫跨不知有沒有人類存在的亞洲天際，極速墜向地面，尤如一曲悽美的絕唱。

人生結局就是粉身碎骨？然而，陽天已無法改變……

快要墜地之際，陽天忽見時間隙縫在半空中打開，他整個人跌進時間洪流之中。

時間往前流逝，到底要帶自己到哪裡，陽天還來不及想，便失去知覺。

醒來時，陽天看見刺眼的陽光高掛在正上方的天空，身體稍作挪動，便聽到沙喇沙喇的細碎聲音。

他勉強撐起身子，發現自己身處於沙漠中，視線所及，都被浩瀚無際的黃沙覆蓋。

右手掬一把黃沙，看著細緻的沙粒慢慢從手中溜走。然後，他累極倒在黃沙上，看著天色變暗。不久，星海出現，引人入勝。

任由時間流逝，讓他分辨所處的情境是真是幻。

此刻，陽天終於得知「孤兒仔」的身世了。

羿不殺鑿齒兇獸，更與姮娥衍生後代，這是陽天活出的人生，他何須修正這些偏差？

二零二三年，陽天不會回歸災星母體！他會奮力反抗，戰鬥到人生最後一刻！

胡思亂想間，陽天憶起了重華在兇獸大戰前的密話。

「如你在大戰後能生存下來，你的人生便會轉入乾卦的第六爻。凡事總有盡頭，萬物必會衰敗。但是，只有你，才可逆轉過來……」

乾卦的最上一爻「亢龍有悔」，意思是一條乘風飛躍高空的龍，升到了絕高之地，四顧茫然，既無法再上進，又不能下降，故生懊悔。

「只要在這人生階段，你能做到忘記自己，便會進入乾卦獨有的境界——」

用九，見群龍無首，吉。

翌晨，陽天支起身子，認準日出的方向，待晨風吹起，便朝東邊走去，堅定地告訴自己：「不要讓人生有悔，從今以後，世上沒有陽天。」

這個人留在沙上的腳印、身份和技能，瞬間被風沙隱去，不留痕跡。

他唯一留下的，就是一個誓言。

初次遇上帝釋的機械巨掌時，他曾立誓「這並非我個人之力可擋的巨大挑戰！同伴，我需要結集同伴！」

在二零二三年，他會帶領同伴一起對抗回歸的災星「阿雷斯」，以及來自高維度空間的帝釋和諸神。

地球，是他的家；萬物，是他的家人。

太極拳老師傅曾教十一歲的陽天唸老子《道德經》，雖然內容只有五千多字，但要一個少年明白箇中道理，似乎非一朝一夕可期。

老師傅銜著國產香煙，說：「真理不用死記，要像學太極的理論一樣，身體力行就可以了。嗯，明白『無名天地之始』那句嗎？」

無名，天地之始。

放棄身份的他，從此遮掩面貌，巡行世界，在天地間展開尋找同伴之旅。

旅程上，他對抗各地危害地球的外星生物和暗黑搜神局，也是一種歷練。

二零零三年，英國。

倫敦寒夜，一位風度翩翩的英國紳士拿著黃金剪刀，於泰晤士河南畔世界最大的摩天輪「倫敦之眼」，與當地橫行的異人惡黨周旋。

他本來墮入了敵人的教堂殺局，心想必死無疑，誰知一個東方漢子突如其來，全身包滿如木乃伊般十多公尺長的布條，隨晚風飛揚，二人逆轉形勢，聯手根除了整個邪惡勢力。

事後，來人邀請他合力對抗災星，金剪紳士有禮回應一句「這是我的榮幸。」

由於來人沒有留下姓名，紳士便為他起了一個名號——

The Man With No Name，無名客！

二零一一年暑天，馬來西亞。

吉隆坡某社區一幢普通不過的獨立屋，正是當地馳名的華人醫館「杏林館」。

杏林館的前半是店面，每天都有客人候診。駐店的是位三十多歲的女醫師，她醫術高超，用藥適宜，加上傳承了杏林館創辦人贈醫施藥之風，深受當區居民敬重。

店後方則是女醫師和家人的居所。

九年前，她的父親患上了腦退化症，大哥夫婦則去了其他城市發展，只留下獨生子託她照顧。為了給侄兒一個完整的家，她便收養了四位與侄兒同齡的孤女，一起生活。居所有一個寬敞開揚的中庭，早上是女醫師訓練侄兒和四位孤女武術的地方，下午則留給白髮滿頭的撒加坐在藤椅上納涼。

今天，無名客隨著快要轉暗的陽光，來到撒加面前。

打一照面，看見那雙渙散但仍存有期盼的眼神，無名客便知他正處於長年的混沌狀態，目的是休養生息，希望能重回以往的巔峰。

只不過，無名客估計，即使他可以回復過來，也僅夠頤養天年。

森林守護者虎將，已再不能守護這世界了。

「保重。」無名客輕拍撒加的肩膀，低嘆一聲。

嘆氣聲很輕，卻逃不過店面女醫師的靈耳。她立即放下診症，雙手扣起十支針灸長針，快步走向中庭，暗忖：來的不是大哥！

林英剛來到中庭，早有一位快到十一歲的少年擺出迎敵架勢，守在撒加身旁。

雖然不安都寫在臉上，但他雙手握起的虎爪，卻氣貫指尖，不容有失。

林英問視如己出的侄兒：「林康柏，你幹嘛？」

林康柏故作輕鬆，回答：「姑姐，剛才我在房間看漫畫，忽然發現門外有一陣很古怪的感覺，於是立即衝過來。」

林英打量四周，又問：「有看到甚麼嗎？」

「有！」林康柏認真地答，並指著爺爺的雙手，說：「是虎爪！爺爺握出來的，比您教的還要正宗哩。爺爺，對嘛？」如他所說，撒加握的虎爪，爪指如鐵枝，銳利且堅固。說罷，林康柏哈哈幾聲，但這幾聲哈哈卻換來林英重重一記直拳，他偏頭閃過，應付得綽綽有餘。

之後，兩姑侄又上演每天的「突然練功」戲碼，拳來腳往，圍著撒加追逐互搏。本來在房間做功課的四姊妹，春風、夏雨、秋霧和冬雪都探頭出來偷看。

林氏一家每天就在熱鬧和歡樂中度過，就連倚在中庭牆外的無名客也感受得到。

他還記得十五年前，於山族的洞天福地內共飲，撒加眼神充滿期待地說：「就留給我的後代吧。」

林康柏，我會記住你的名字，但你有資格成為虎將嗎？

二零一三年某圓月夜，泰國。

長髮的青年僧人在二百人眾目睽睽下，一拳打倒綽號「地獄三頭犬」的八呎巨漢，便離開這個月光也不敢照進去的幽都——美麗新世界。

在這裡，殺人要填命，但殘廢不用賠償。因此，青年僧人握著一個黑色球體，朝著對手的下體轟出一拳，狠、快、勁，破風聲悅耳。

咚！「地獄三頭犬」並沒有下地獄，只是倒在地上，動也不動，連髒話也罵不出來。

十數位手下來扶起他時，才發現老大全身沒有一塊骨頭是完整的，能躺在床上度過餘生已算萬幸。

步向大門，沙曼手上的黑球材質柔軟，不停在他掌心彈上彈下。

從黑球中傳出只有沙曼才聽得到的揶揄：「為了享受戰鬥的快感，你都忘記自己是出家人啦。」

沙曼被化身成黑球的那傢伙說中了，只報以一笑。

自從陽天消滅修蛇之後，這十六年來，他都會主動來美麗新世界滅惡。

惡人都是潛匿犯、惡黨頭目之類，舊的不去新的不來，滅之不盡。

在城民眼中，住在十哩外小寺院的沙曼，也算是城中的一份子。由兩年前開始，當他拿著黑球離開時，更有不少女性會對他揮手說再見。

沙曼的腳步甫踏出大門，便感到前面有一道高牆攔著。

黑球知道那不是牆，是久違的人。

雖然沙曼看不見來人是何等模樣，但可以肯定他就是殺掉兇獸修蛇的那個漢子。闊別十多年的他到底修行至甚麼境界呢？沙曼很想一試。

「時日將至，你準備好了沒？」無名客問的不止是沙曼，還有寄宿在黑球內那以惡滅惡的神明。

黑球逕自從沙曼手中疾飛而出，在半空曲折飛行，拖著一道黑尾殘影。無名客不會看錯，那是含有黑隕石元素的變體金屬物質，能在固體與液體之間隨時轉換密度，改變形體。

黑球驀地停在無名客身前，彷彿與他對視。在無名客眼中，浮現一個披上金鱗戰甲、頭戴尖塔形頭盔的戰士形象，赫是夜叉的真身。

夜叉果然兌現了承諾，無名客不禁握緊拳頭。

「天龍八部眾」的夜叉一族，是守護高維度空間的戰士部隊。其中一名夜叉族戰士素運，因為帝釋預言他將會背叛八部眾，受到同族追殺。激戰後，素運負傷逃出高維度空間，落難地球，沒有有機載體的他只能隱身於廟宇的夜叉像中，等待反擊的一刻。

到今天，沙曼已掌握了夜叉所有的戰鬥動作，能與素運形神同步，到底這組合是世上最兇惡的仁者，還是最仁慈的惡者？

無名客很期待帝釋的反應。

二零一八年春天，日本。

早上七時半，東京的ＪＲ山手線，大學一年級的俊介擠在人山人海的車廂中。雖然列車又晃又擠，但他還是單手拿著智能手機，登入匿名投稿的網上論壇，瀏覽內容奇異的貼文。

昨晚十一時二十五分，有人貼文：「我也去了如月車站。」

喔，「如月車站」又來了？

「如月車站」事件，首次見於二零零四年一月八日網上論壇一則求救貼文。投稿者聲稱自己深夜坐電車時，無意中到了一個現實中不存在的無人車站——如月車站。

投稿者在留言版上持續報告現況，由於用GPS也查不出自己的所在地，於是決定沿著鐵路往回走，卻在途中遇上了一連串怪事……

可是，幾個小時後，消息就此斷絕，大家都當它是鐵路迷杜撰的都市傳說。

直至今天，又有人自稱去了如月車站，俊介期望它會有點看頭。

俊介堅信，沒有傳說的地方都是沉悶的，幸好他在東京土生土長，江戶的妖怪傳說，他從小就覺得非常精彩，如長頸女妖轆轤首、下雪天才會出現的雪女、專愛削斷情侶頭髮的髮切、頑皮活潑的山童、在暴風中橫行的鐮鼬等等。他們真的是妖怪？或許只是流落地球的外星人呢？

可惜，升上大學後，俊介仍未找到志同道合的夥伴。

俊介也喜歡根據網上的怪異傳聞進行實地探索，如新大久保站的遊魂、接通靈界的新宿地下停車場等等。

只不過，一個人探索，在遇上危險時便會求救無援，就像那如月車站的投稿者一樣。因此，俊介打算在放學後邀約正在讀大學預備班的香港新生見面，看他對靈探有沒有興趣。

「下一站是高田馬場站。」列車的廣播系統在提示乘客們。

俊介的視線立即從手機移到車門，每逢上學日，這裡便會有一群女高中生上車。

這時，他卻看到一位不可思議的人物站在車門前。

穿著白色寬袖狩衣，頭戴烏帽，冷艷的白皙臉孔，比當紅的少女偶像還要美，車窗外的陽光照過他剔透的眼睛，他抽出藏在袖中的蝙蝠扇，輕輕擋著陽光的明媚。

雖然從沒親眼見過，但俊介很熟悉這種形象，是無論歷史文獻、時代劇還是流行文化創作都會出現的陰陽師角色！

俊介看得目瞪口呆，不止因為那人的美，也因為那人不屬於此時此地。

然而，車門邊的乘客好像對他視若無睹，難道大家對 Cosplay 乘車已經司空見慣？

車身一晃，入迷的俊介不慎撞到站在身旁的男乘客，原來列車已經停站。

「喔，對不起。」俊介向男乘客點頭道歉，卻見他臉上包裹著像被風吹雨打多年的破爛布條，只露出一雙厲目。

俊介有點嚇倒，心忖今天這麼多人 Cosplay，是不是有甚麼大型活動？

男乘客沒有回應俊介的道歉，只是逕自走出車廂，俊介順著他的背影望向車門，那位陰陽師打扮的人物也在不知不覺中消失了。

俊介茫然，自己是不是做夢了。

待一群女高中生上車後，車門關上，列車慢慢開行。

俊介望向車窗外，發現那位男乘客沒有離開月台，手上握住一支古味盎然的劍玉，視線赫然向著自己。

「咦，那劍玉⋯好像在哪見過⋯⋯」俊介想再確認一眼，但列車早就駛遠了。

一星期前，無名客回到富士山，再會那支神祕劍玉，告訴陰陽師宮本靜，是時候了。

陰陽師以扇指向無名客，輕聲說：「帶我回江戶吧。」

現今的東京，正是廿一世紀的江戶。

陰陽師的目的，是尋找一個能與他精神同步的人，他才可現身，保護這個世界。

於是，無名客與陰陽師每天乘坐環繞古代江戶地區的山手線列車，終於在第三天，他們找到了俊介。

也許是命中注定，俊介正是劍玉相隨百年的家族後裔，智子的孫兒。

陰陽師認為，俊介有著一顆對未知事物的好奇心，正是最佳的人選。

離開月台時，陰陽師對無名客說：「俊介少爺小時候與父母來牧場玩，竟然在雜物屋發現了這劍玉，而且控制得很純熟。現在，他可以感應到我的存在，確實與我有緣，相信就是欠一場——」

因為無名客還要繼續上路，就像上次分別時一樣，朝天空拋出那支古舊劍玉。

陰陽師飛馳在晴空下的都市，抱著一份結緣的期待，他們欠的，只是一場驚天動地的相遇。

二零一九年秋天，韓國。

韓國首都的名字由「漢城」改為「首爾」已十四年了。她等了十四年的願望，也在今年夏天實現，只不過……

「風高物燥，注意防火。」入職三個月的女消防員李燁，因為個子小，經常被隊中的男性同僚取笑，初中生來幹嘛？

事實上，她從來沒有到過火場，最常見的出動，是到小學和幼稚園當宣傳防火大使，教她難過的是，連孩子們都不太相信她是位消防員。

李燁投考消防員時，金隊目就取笑過她的名字。燁，是大火的意思。天呀，她完全不知道父母為何會替女兒取這樣的名字！

試後的晚上，她到食店借酒消愁，剛巧坐在鄰桌的外國青年也是獨飲，簡單的韓語和不合文法的英語，便成為二人的橋樑。

聽了這位新認識的朋友竟然立志成為消防員，從東京轉來首爾讀大學的香港青年不禁苦笑。他藏在心裡的祕密，正是自己一旦情緒激動，掌心便會冒出火舌。

之後，二人偶爾會相約出來喝酒閒聊，直至李燁成功被取錄，開始為期三個月的訓練後，才少了見面。

她正式被編到首爾某小消防局的那天，發現那叫「昭」的青年路過消防局正門。「我只不過蹺課，碰巧路過而已。」他說謊的技巧有點差，但她還是心懷感謝。

有時候，她會主動打電話找他聊天，因為他愛離群獨處，一個月沒上幾天課。

聊天的話題瑣碎，因為她本身也不是個有內涵的人，甚至是朋友口中的悶蛋。後來，她越來越少收到他的來電。再後來，更像人間蒸發了似的。

「……風高物燥……注意防火……」忙過了一整天工作，李燁又到食店買醉，伏在桌上嘀嘀咕咕。

突然，一個小杯擱在她面前，咕嚕咕嚕地斟了半杯酒，她帶醉抬頭，在那青年慣坐的位置，卻來了一個男人，半張臉連外套下的全身都包滿了爛布條。

男人不發一言地自酌自飲，李燁見對方孤獨，便邀請對方乾杯。

男人與她碰杯，說：「我們二零二三年再見。」

二人仰首一乾而盡，這時李燁錯愕地發現，他的眼睛與「昭」有幾分相似，但一杯過後，那男人已消失於眼前。

是酒精刺激，還是幻覺所致？

經此怪事，酒意消了不少，她離開了，走進後街的窄巷，不時顧盼附近有沒有那男人或「昭」出現。

甚麼是「二零二三年再見」，她搞不清楚。

這時候，秋風吹過她的頭髮，袋中的手機正嗡嗡聲震了起來。

喔，是「昭」的來電？

她看也不看便提起手機，大聲向對方說：「喂，昭，你去了二零二三年嗎？」這陣子的韓劇流行穿越題材，她耳濡目染，隨口說出了類似的劇情。

誰料，對方更大聲地罵過來：「李燁隊員！妳說甚麼二三年、二四年？」

怎麼是金隊目的聲音？

她看清來電號碼，真的是金隊目桌上那支電話！

「要出動了！鄰市的儲油廠大爆炸，政府指定首都消防總局全力支援，妳也要去，半小時內回來報到！」說罷掛線。

李燁連電話也不收，飛奔趕往消防局，距離約三公里，但她好歹是個正規的消防員。

甚麼昭、甚麼男人都先放開一邊，這可是自己的處女出動！

聽消防局的前輩說，每次出動滅火前，最好先拜拜神台上那尊神獸像，祈求保佑百火不侵。

那神獸叫獬，她終於可以向獬神上香了。

在剛才李燁聽電話的位置，建築物天台有一座失修已久的霓虹燈牌。

無名客站在燈牌前，對這個被選中的少女表示滿意。

「我才不要這樣的拍檔，她像你一樣爛，老子可是神獸啊！」身旁的牠依舊是那個樣子，依舊找不到拍檔，依舊對廿五年前的召喚事件鍥而不捨。

無名客說：「你應該學懂欣賞她身上那個『特點』。何況，大日子已迫在眉睫，只怕你沒時間引導她成為好拍檔。」強如夜叉，也要找人類作夥伴。

「不用你來囉嗦，老子自有辦法。」有答應過這男人拯救世界嗎？獬不記得了，但既然二零二三年將至，就先做好這件事吧。

「現在，就欠一場驚天動地的相遇。」無名客給了獬一個參考，例如：讓她在火場中救出一頭小狗。

獬不喜歡這個建議，便引腔咆哮。

三十多位消防員努力撲救了十六小時，儲油廠大火終於受到控制。

病房裡，第一次出動完便要躺在醫院的李燁，被床邊的金隊目罵個不停，怎麼會為了救一頭小狗就衝進最大火的油庫。

幸好獬神保佑大家，才讓她安然無事，簡直是奇蹟。

只是滅火工具太重，她在行動中扭傷了腳，循例送院檢查。

「小狗呢？」她問，金隊目氣得七孔生煙，大叫：「不知道！我連妳也顧不來，幹嘛顧那畜生！」

突然，放在床頭的手機響了起來，她看見傳來訊息的人，正是「昭」。

附件有一段翻拍電視新聞的影片，她正被送上救護車，還執拗地叫嚷著：「小狗呢？我明明見到牠啊！」

文字訊息寫著：「出院時再聚聚吧，下月，我要轉到馬來西亞留學了。#妳成名了」

金隊目在旁偷看她的手機畫面，認同地說：「妳真的成名了……不，糗死了才是！」

李燁尷尬到極點，大聲叫嚷：「金隊目，我要立即出院！出院！出院！」

二人在床邊糾纏，卻不知道床下有一頭小狗伏地偷聽二人的對話。

二零二一年，月亮躲在黑雲後的晚上，台灣。

台北市邊緣的河邊，一塊大空地上只有一座獨棟的房子，正是開業三十年的中古書店「月讀書房」。店門雖重重緊閉，但不礙無名客進入。

店內，無名客所見的，並不是排滿書架的店面，而是地獄。

從無名客認識這個地獄，只要通過眼前的黑森林，越往下走，囚禁的靈魂罪惡就越深重，地獄如漏斗形分九層，直達地心，是魔王掌握漏斗尖端。

在黑森林的入口，坐著一個像是剛大學畢業的眼鏡男生，但無名客知道他其實已年過三十，是這家書店的店長，姓寧。

寧店長稍帶不滿地問：「怎麼會有人不怕地獄，硬要來打擾我？」

無名客反問：「這是詩人但丁《神曲》所描寫的地獄，既然是文學鉅著，又怎麼需要感到害怕？」

店長的異能之一，就是能把書中世界在目標人物的腦海中具體呈現出來。

「二零二三年，災星滅世，你要選擇置身事外嗎？」無名客得知店長去年曾協助一名女警，解決台北多宗「奇異人間蒸發事件」。可是，他最後付出了不少代價。

寧店長沒有理會無名客，轉身走入黑森林，但他沒走出三步，便回頭說：「先生，我剛才讀了你的內心，你已有很多同伴，就不差我一個吧。」

閱讀人心，這是寧店長的第二項能力。

「既然如此，我便用但丁來回答你吧。」無名客滿有信心能邀請他成為同伴，「他說過，地獄最熾熱之處，是留給那些在出現重大道德危機時，保持中立的人。」

寧店長聽後，移步折返無名客的身前，說：「⋯先生，但丁沒有說過這些話，這都是那時代的人杜撰的。」

「可是，但丁不是希望世人都能夠去到天堂嗎？」雖然無名客知道天堂的真相，不過世人在不知道真相的情況下，還是會憧憬天堂。

寧店長：「每次使用那些異能，總會累及無辜⋯⋯我就是害怕有更多的人進地獄。」

「所以，你才守在這裡⋯⋯」無名客猜這店長是放不下內疚，便輕搭他的肩膀，說：

「這一次不止你一個，還有一大群同伴，才能令我們的家不用淪為煉獄。」

寧店長沒有反駁下去，無名客卻攤開兩手，說：「可惜，我不懂回去外面的世界，可不可以借我一隻螢火蟲，讓牠帶我離開？」

螢火蟲的光明，能帶世人脫離黑暗。

與螢火蟲為友，這是他被稱為「夜照師」最厲害的能力。

外面的世界？他只留戀於書中的世界，尤其他那討人厭的個性。

「我不聽指使，我不與人合作，我只走自己的路。」說時，夜照師手指一揮，過千隻螢火蟲從黑森林中飛出來，照出一條回到外面世界的路。

只要細心觀察，螢火蟲的飛行軌跡，像一支鵝毛筆奇妙地寫出一行動人的詩句。

「過去已經被時間定格，而未來則是無限可能。」

無名客花上二十二年燃起的一場天火，將會讓整個地球熾灼奔騰，甚至要高維度空間的諸神也感到威脅。

特別是二零二零年秋天，一位青年擊破空中毀天滅地的機械巨掌，拯救香港百年繁榮免毀於一旦。那青年身上流著自己的血，正是兒子陽昭，是對抗帝釋的新希望。

可是，他卻無法預計，自己所造成的偏差，將演化成一場血流成河的大災難！

第16回

業已完成

迦樓羅輕描淡寫的一撕，集合暗黑科技的機動城寨登時被劈開成兩半，內部結構開始崩潰。也因為這一撕，天台上的陽天五人被吹飛到不同位置。

在分離的一刻，陽天曾伸手向陽昭，希望互相拉緊對方，但陽昭拒絕了父親的手，因為他不明白父親為何沒有喪親之痛。

不久，陽昭從毀壞的房間瓦礫中爬出來，四周只有自己一人。既然母親死了，他不再是誰的兒子，只是世上唯一的陽昭。不用為誰負責，就任由體內的月相特質和暗黑力量不受限制，完全覺醒！

在機動城寨的核心，夜照師和陽天看見混沌球體的脈動開始不穩定。

它一直抽取地底的黑隕石元素，一旦爆發會有甚麼後果，陽天不會不知道。

夜照師左邊的眼鏡片裂了一道痕，白襯衫染滿血跡：「……對不起，陽先生，我不懂戰鬥的……」

陽天見他的傷勢是掉下來時所致，不會致命，對他說：「你不是戰士，但你有我們缺少的東西。有你，我們不會輸。」

夜照師苦笑兩聲，陽天只是看著他。

陽天問：「你的《神曲》不見了…？」

夜照師指著自己的頭，說：「我讀過的書，都在這裡……」

陽天交替打量黑球和夜照師，好像穩操一張勝券。

夜照師定睛看著陽天，過了一會忽然說：「你有點像莊子。」莊子喪妻，卻因看透生死而不哀，反過來鼓盆而歌。

陽天聽不明白，說自己只讀過老子而已。

在成長階段，《道德經》引導他學會人與宇宙共生的道理。

加入搜神局後，他才發現老子騎牛出關後杳無音信，極有可能是利用他所悟的道，擺脫肉體拘束，離開了形如人類牢獄的地球。

經歷二十二年隱姓埋名之後，他從多位對抗災星同伴的身上，彷彿看到了老子的道，漸漸掌握超脫人世的訣竅，只不過誰會捨得在地球危難時放下這個家不顧？

迦樓羅降落地面，殘殺所有眼前的低賤生物，不管是超越人類的異人、外星異形或暗黑搜神局，在管轄地球的神明面前，只是渣滓而已，死不足惜。

為了世界平衡，順利迎來災星回歸的那一天，迦樓羅親自前來修正所有偏差。

完成之後解除結界，英雄神鳥救世的事蹟，又會記載於人類歷史中，直到地球被粉碎成星塵為止。

突然，一架大型運輸機直衝而來，見道和林英分別站在左右機翼上，手持重型武器，不斷向迦樓羅掃射。

炮聲震耳，迦樓羅身上冒煙，金色羽毛卻絲毫無損。

砰！迦樓羅伸爪擒住運輸機的機頭，兩翼拍動，把整架運輸機直扔向機動城寨。

見道立即跑過另一邊機翼，飛身撲救林英。

就在這時，機動城寨發出低沉的隆隆聲，竟拔地而起，緩緩升空，不夠穩固的外層結構和碎片紛紛剝落。城寨於半空靜止，顛倒向下，一層一層機關互相拼合，變成一個超大型漏斗，直指地面，漏斗尖端打開，巨大的三頭魔王從地獄君臨人間。

三頭魔王的體形比迦樓羅高三倍，背上生有三對巨大蝙蝠翅膀，三對眼睛不停流淚，三張嘴巴，其中一張咬住一個罪人，赫是陽天！

三頭魔王甫降落地上，便拍動翅膀，放出絕對零度的凍氣。

迦樓羅未懂狀況，只得飛身閃開，原地立時被冰封。

忽然，南方天空出現四顆耀眼的星星，一艘舟船從遠處駛來，船上飛出百多具乾闥婆的機械天女，捨身攻擊迦樓羅。

迦樓羅分析這是幻象，不打算避開，但第一具機械天女直撞迦樓羅胸前，發出鏗鏘大響，竟然是真實的。

天女的機械零件飛散，潰不成形，迦樓羅的胸前護甲脫落，露出了透明清晰的青玻璃心臟。心臟跳動，將水銀血液送到機械生命體的各處。

第二、第三具機械天女接踵而來，迦樓羅情急之下，不管她們是乾闥婆的妻妾，金色羽毛如烈日陽光激射而出，霎眼間，百多具機械天女冒煙墜地，屍橫遍野。

然而，金色羽毛是迦樓羅的力量泉源，射光羽毛的現在，正是祂最脆弱的時候，而羽毛新生，需待地球時間十五分鐘。

三頭魔王趁此時直飛而來，迦樓羅怒爪一劃，劃破了所有幻象。

沒有魔王，只有陽昭！

陽昭將身上的黑隕石殘餘全部吸收進體內，融會月相力量，驅動五行氣勁，砰！一拳打裂了迦樓羅的鳥喙。

陽昭得勢不饒人，翻身後躍，在半空中橫張雙腿，拉出一把火弓，左右手各聚金火二箭，兩手盡全身力量引弓，發出雙倍威力的烈陽箭，碎啪！迦樓羅的鳥喙登時碎掉。

在不遠的機動城寨，陽天扶著夜照師從機關出口走下來。

夜照師淡淡地說：「看來沒人可以阻止令公子了。」說罷看看陽天，似乎沒有阻止陽昭的打算。

二人的合作成功了。

夜照師先把《神曲》書中的世界在陽天腦海具體呈現，再由陽天利用混沌黑球的龐大能量，以自己的異變體質作增幅，侵入迦樓羅的思考中樞，讓祂看見《地獄篇》的三頭魔王。而機械天女的攻擊，則是城寨之王發出命令，由暗黑成員控制她們的屍體。

另一邊，金山公主和夜貓小隊趕往運輸機墜落的地方，眼見運輸機陷於火海中，春風急叫冬雪探測火場內的生命反應，話未完，便見火海中閃爍一陣星光，是見道張開一道星點串連而成的光罩，保護林英扶住受傷的駕駛員離開火場。

金山公主急忙上前為傷者治療，春夏秋冬四姊妹則慰問師父無恙。

「做師父的，哪會有事，哼！」林英轉頭罵見道，話中卻帶點歡快：「剛才你明明可以自己走的，幹嘛要多事。」

見道笑著回答：「我怎捨得妳啊。」

簡單的一句，忽叫林英想起自己十來歲時，與這位當時還是少年的特工相識，及後二十年，她時常以「夜鷹」之名參與各地消滅異變生物的行動，當中有多次機會能與見道相逢，偏偏她固執地選擇避開。

人的確是成長了，但心內那份男女之情的執著，始終留在最初相識的那一年，此刻難免生起一陣感觸……

這時虎將趕到，林英甫見虎將，便摑了他一巴掌，眼淚盈眶：「你這臭小子……！」

夜貓小隊都呆了，冬雪暗裡擔心：「康柏哥……」

虎將知道自己剛剛無視指示，害姑姐擔心了，有點歉意。

然而，林英下一刻就收拾心情，指著迦樓羅，對虎將說：「那怪物還在，你不能讓朋友孤軍作戰！」

虎將領命，轉頭囑咐夜貓小隊：「四位義妹不要跟來，好好照顧珊珊。」說罷，再次趕赴戰場。

金山公主雙手合十，心花怒放，清楚聽到這次虎將叫的是「珊珊」，沒有「同學」二字。

——下星期有我喜歡看的馬戲表演，要如何約他一起去，而小冬不會跟著來呢？

半路上，虎將與彭博會合。

「小老虎，你不比我年輕時弱。」

「說不定，現在的你比我更厲害。」

「嗯，你怕不怕美國51區？」

「怕它幹嘛？我連搜神局也不怕。」

突然，彭博拉住了虎將，正色說：「要是我死了，我的『彭氏企業』就交給你。」

彭氏企業不是普通的大企業，而是坐擁外星員工及外星科技的反災星集團。當然，虎將還未知道這個真相。

彭博交代了後事，旋動太歲的遺物如刃，削斷自己一把亂髮，釋放出從前的彭博，隨手一揮，任長桿煙斗和斷髮飛散半空！

迦樓羅的鳥喙受損，極度憤怒，無法接受神明竟會被人類所傷。為了催生金色羽翼，祂右爪重重拍向胸前，發出刺耳的嚓啪聲！

青玻璃的心臟應聲碎裂，飛濺出對地球有毒的物質，也是神明的鮮血——水銀！水銀沾翼，金色羽毛剎那間暴長。同時，劇毒的水銀也射向陽昭。

陽昭一退，察覺水銀的劇毒已急速滲入土地，把迦樓羅腳下變成一大片毒泥，不斷向外擴散。碰觸到毒泥的生物紛紛倒下，十秒不到，便奪走場上數百條生命。

陽昭左手握著母親的飛灰：「媽，請您多等我一會。」

就在此刻，虎將和彭博接踵飛身而至。毒泥的範圍內，能抵擋的只有陽昭三人。

迦樓羅振動雙翼，擋過虎將的雙刃虎噬，硬拚彭博掀動四周沙石的「行星環」。

虎將和彭博輪流攻擊，互補破綻。迦樓羅才橫揮金翼打向彭博，虎將就乘隙攻擊迦樓羅如寶石般的眼睛，順便為彭博解圍。

虎將握緊雙拳，振臂一喝，聚集自然之氣，打通全身經脈，準備祭起終極絕招「山君之眼」。

彭博見狀，連環向迦樓羅使出「超高壓」、「行星環」、「大紅斑」和「第二個太陽」，雖然只傷及敵人皮毛，但已為虎將爭取了聚氣的時間。

還差一點，彭博力量將盡，但仍欲再攻一輪。為了弒殺神明，絕對要搏命。

本來他的名字就叫彭搏，搏命的搏。

突然，有人拉住彭博的左肩：「在這時代，壯烈犧牲，世人是不會為你鼓掌的。」

陽昭越過虎將和彭博，左手聚起虹光弓，右手拉出金木水火土五箭，一躍踏住迦樓羅的頭頂，就算被鋼爪貫穿小腿，也要忍痛放箭。

可是，啪噠五響，卻破不開迦樓羅頭上的裝甲！

迦樓羅不屑地冷笑：「渺小的人類豈能——」

話未說完，祂雙翼的金羽驀地飛散，一根不留！

驚愕間，迦樓羅才發現是陽天從後奇襲，陽昭的五箭只不過是幌子。

鳥神力量登時受挫，父子二人把握這絕無僅有的機會，作出最後的反擊。

陽昭忍痛跳開，雙手凝聚注入仇恨的烈陽氣箭，目標是左翼。

陽天挾第一擊的餘勁，再次祭起正反五行氣箭，目標是右翼。

迦樓羅的金羽雖散，但翼未折，連忙颳起猛烈風刀逼開陽氏父子。風刀左右夾擊，然而敵不過二人的復仇意志，氣箭所向披靡，不止擊散風刀，還破風而至，重重在鳥神的雙翼間疾穿而過。

同一時間，迦樓羅左右雙翼齊斷，機械零件和水銀血液瀉地，精密的機械腦第一次產生了地球生物才有的感覺……

痛！劇痛——！

一招過後，陽天左手已廢，右手也無法獨力使出無極力量，但只要一息尚存，他仍不放棄消滅這瘋狂的神明。只不過，他卻攔不住兒子心裡的月亮！

陽昭狂叫徹天，晦朔弦望四相輪替，力量奔騰，捨命衝向垂死的迦樓羅。

彭博恍然大悟，陽昭剛才那番話其實是說給自己聽的，不禁大叫：「陽天！」

陽天也發現兒子決心與迦樓羅同歸於盡，急步衝前，決不可一天失去兩位至親。

就在此刻，一陣虎吼震撼天地，虎將的「山君之眼」已聚力成功。

虎形頭盔的眉心處亮起了皓白強光，閉關多時所突破的境界蓄勢待發，但要消滅一位神明，這足夠嗎？

——突然，結界內的時間停頓了。

虎將無法發動山君之眼。

陽天無法救助自己兒子。

陽昭無法與敵同歸於盡。

所有能量都被封鎖起來，是誰有此能耐？

全因結界外一股至高無上的神力！

陽氏父子在同一時間想到相同的答案。

天空忽然變暗，風急雲動，雷電交加，那隻屬於至高神明的機械巨掌再度出現。

不可違逆的神威，短短三十秒就將整座機動城寨完全壓潰，躲在內部的人全葬身其中。

機械巨掌來到陽天等人的頭頂，霍然停止。

掌下危城，每條生命像要等待神明發落。

這時，三個光符從機械巨掌飛出，其中兩個落在乾闥婆和迦樓羅身上，兩位殘缺不全的神明竟開始自動修復起來。

最後一個光符，赫然落在陽昭面前。

昭，不可以看！陽天欲叫，卻被帝釋封鎖，叫不出來。

眾人中只有陽昭能動，他凝視面前的光符，是由日、月、口三字合併而成的，想起母親說過那有日有月的「昭」字。光符向他傳送了極多訊息，包括關於高維度空間的一切⋯⋯

未幾，陽昭流出血淚，輪流望向陽天、虎將、春風和其他擔心他的人，然後別過頭，哭著笑著，下了一個決定。

正當乾闥婆和迦樓羅逕自飛向機械巨掌之際，有一個人類從後超越了祂們。

陽昭踏上巨掌，打開左手，看著掌心上母親的一點飛灰，然後再度握緊起來。

地上，陽天也從第三個光符看見帝釋留給他的訊息，他不斷掙扎，深信父子之間的血脈相應，可以喚醒兒子。他這個決定，有如把地球上所有生命推向絕境。

然而，陽昭只是頭也不回地伸出右手，過億塊碎片在空中飛旋，重組成古蜀國青銅棒，再次回到主人手中。

巨掌回收二神一人，上升回到大氣層外的巨大扭曲空間。

不一會，黑電消失，大地回復平靜。

這一刻，陽天才流下生離死別的淚水，妻子的傷逝，兒子的決絕，一重再一重地打擊他，彷彿這二十二年來的犧牲，結果只是徒然。

此間天上天下，除了自己，真的一無所有嗎？

同時，他看著第三個光符留給自己的訊息：「羿，修正完成。」

這代表著一切偏差皆已修正，回歸秩序：二零二三年災星回歸，地球萬物注定化成宇宙星塵。

現在，崩塌就從他頭上的神明結界開始……

在對岸的香港島，市民都看到九龍城區籠罩著一個詭異的光幕，但直至早上七時，政府還是沒有正式公布對策，只是勸導市民們盡快離開該範圍。

今天，葉勤和方卡雯終於結束了七年的愛情長跑，等到結成夫婦的好日子。

東區走廊上，花車加速前往中環海旁的摩天輪，玄學大師說只要在吉時抵達，兩位新人就可以一生美滿。

二人的戀情經歷了風浪重重，為求餘生的金石良緣，寧冒這一刻的風險——連去年的黑月事件，二人都能大步檻過，相信命運，上天會眷屬好人。

方卡雯掛著比蜜糖更甜的笑容，至於葉勤，他雖極力不望向車外，卻始終無法阻止自己的眼光，飄向對岸那散發著強烈存在感、半球體狀的巨大光罩。球形表面流動著肥皂泡般的幻彩，令裡面的一切變得朦朧不清。

沒事的，他和她，都是好人。葉勤不斷自我催眠。

花車於吉時五分鐘前抵達目的地，兩位新人出現在一眾親友面前，他們的喝采聲和拍掌聲正以音速每小時一千二百二十四公里傳出，但這些聲音還未到達二人的耳膜，就有一股閃爍著幻彩的熾熱能量，從對岸那巨大的能量結界爆發出來，超越了音速，衝擊二人所處的位置……

PER LOFT
SHOP 4 L

本來凝聚結界內的能量及物質完全外洩，混雜瀰漫空氣中的黑隕石元素，以九龍城寨原址為中心，發生一場史無前例的大爆炸。熾熱能量所過之處，生物死物無一倖免，盡變飛灰微塵。

十五秒後能量消散，九龍半島南端和香港島北岸皆變成廢墟，海水倒灌入凹陷的爆心，擴大了維多利亞港的面積，淹沒了這城市的百年繁榮。

一切爭鬥、恩仇、情愛，皆化成了永久的虛空。

在大爆炸前一秒，一位白衣少女耗盡自己的生命和異能，化成朵朵金花，飛散到她四周重要的人身上。

她的犧牲，為陽天留下強力的同伴，為地球留下最後的希望。

一年前，異能覺醒之後，她還有點擔心自己的前途，包括能否順利大學畢業、能否找到合適的工作，以及身邊伴侶可否接受這樣奇異的自己……

在消失前的一刹那，她唯一記掛的，是下星期無法跟他去看馬戲表演了……

在這時代，壯烈犧牲，世人是不會為你鼓掌的，乃因世上只有少數人知道她的名字，羅珊珊……

在獅子山下的頹垣敗瓦中，陽天蘇醒過來，中午的太陽照在頭頂，連影子也害怕得躲在腳下。

滿目瘡痍，恍如夢魘。

剛才的瞬間，毀滅了數不清的生靈，撼動了天地。

耳畔只有從無垠海港吹來的風聲，彷彿聽到風中來自四面八方的回應。雖然是微弱的、遙遠的，但清晰且有力……

於是，他迎風唸著他們的名字……

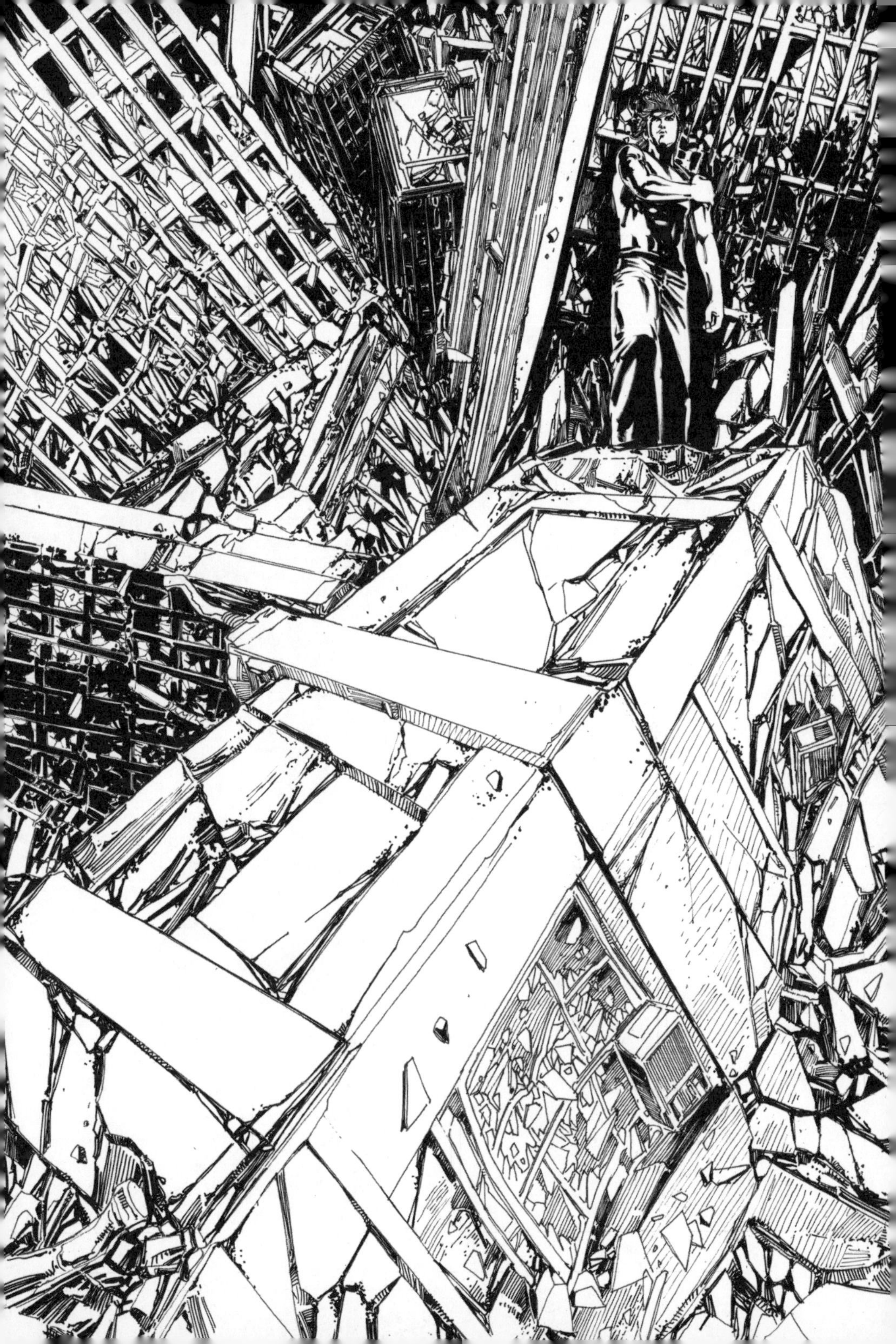

鐵血的虎將

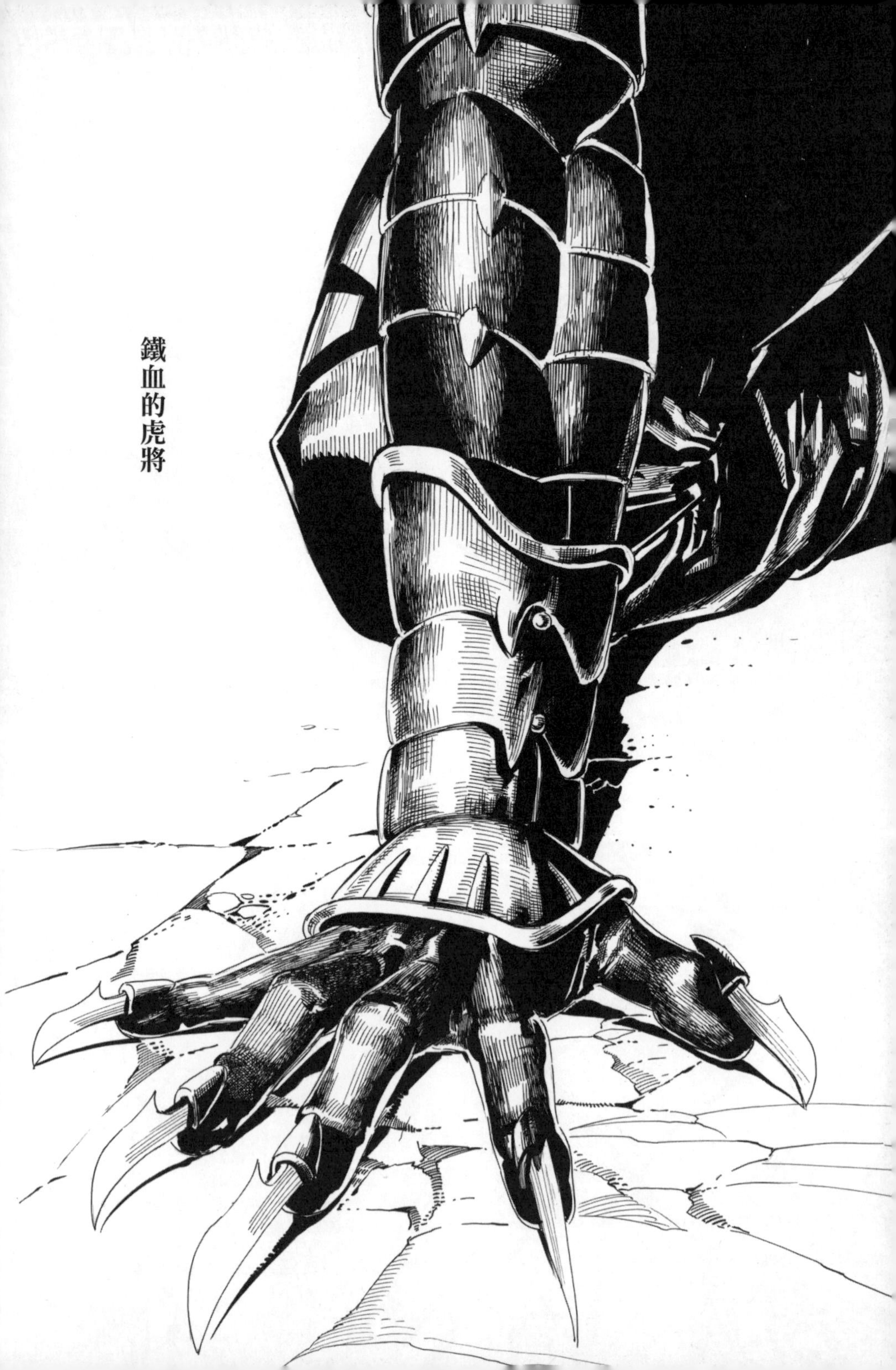

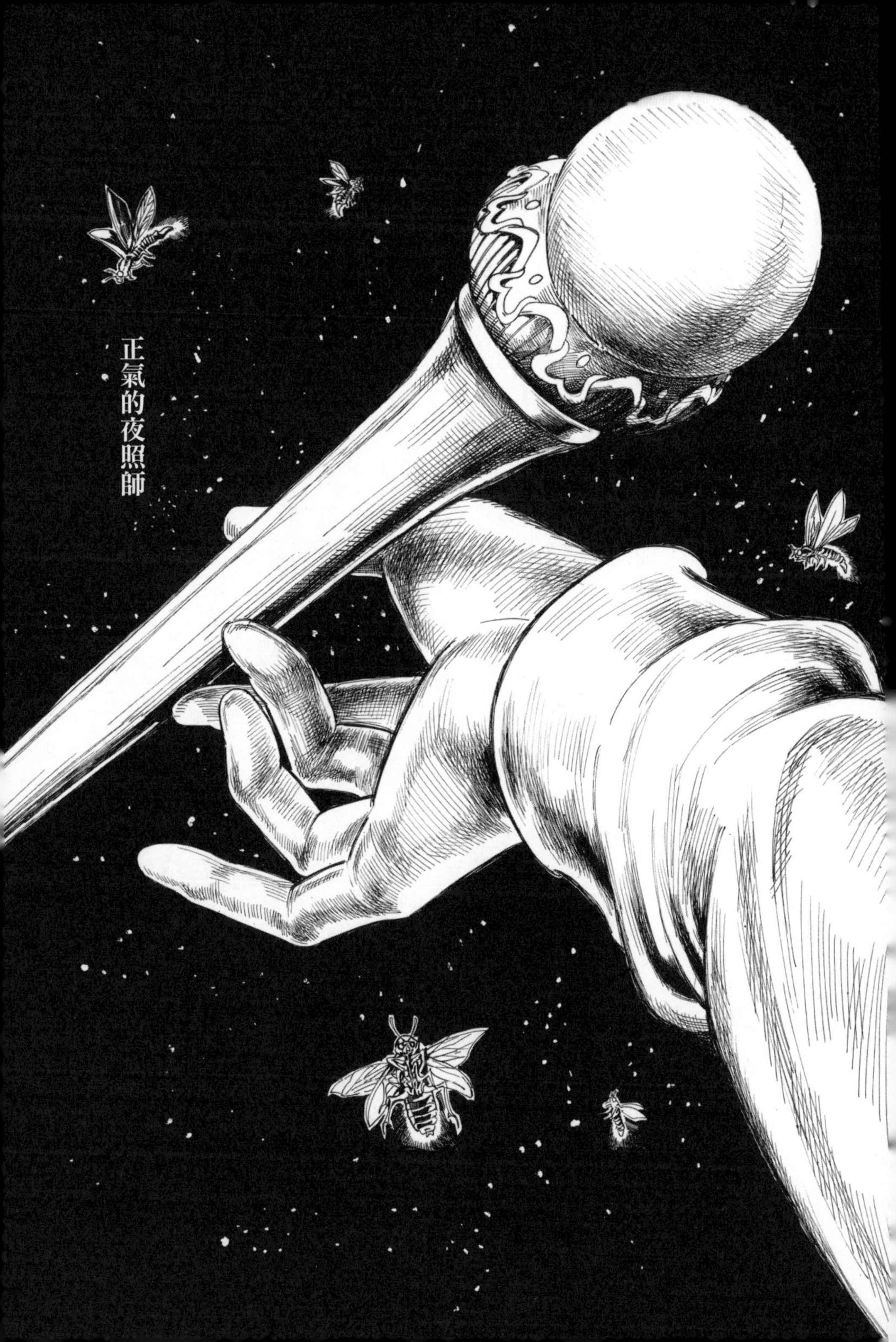
正氣的夜照師

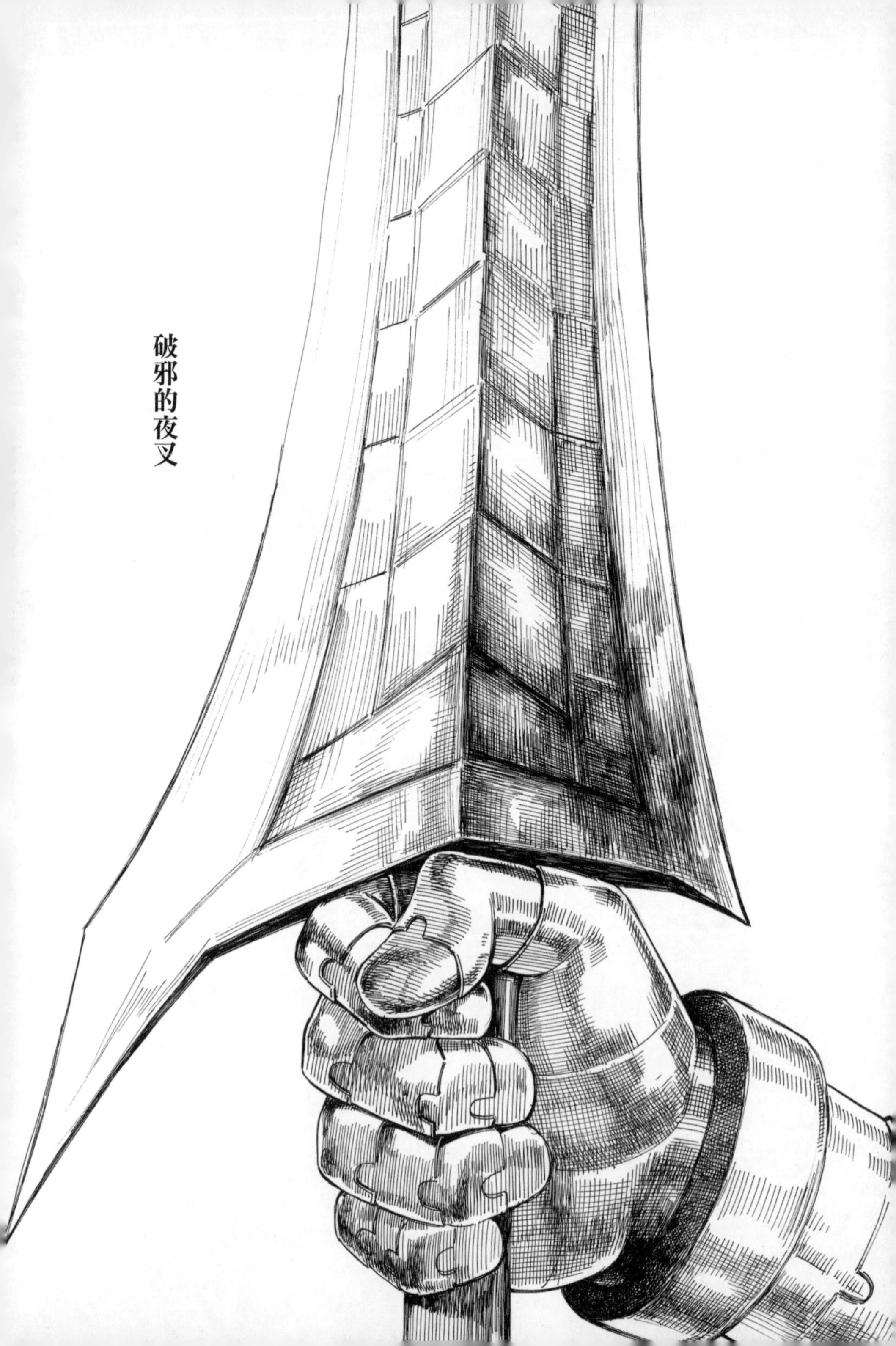

破邪的夜叉

滅惡的神獸獬

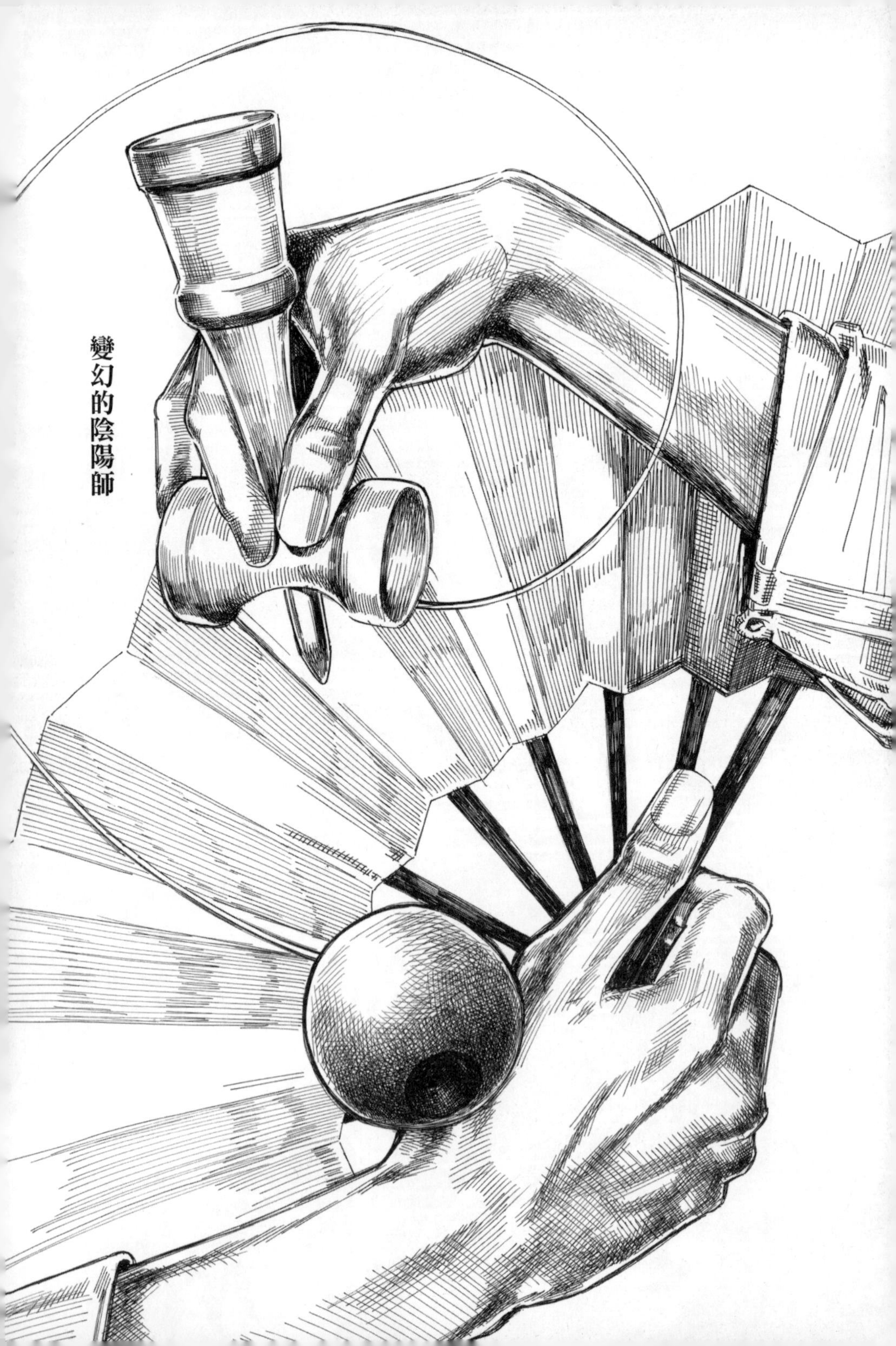
變幻的陰陽師

狂怒的阿修羅

你們都聽到了嗎？

陽天面對靈石所定的坐標，奮力舉起右拳，向天疾呼！

我乃敢與神為敵的陽天，地球是我的家，哪管天上天下，沒有神明可以決定這星球的命運。

帝釋，到祢！

帝釋機械巨掌上的水晶球，能掌控地球這生物牧場內萬物變化的程序，由三十八億年前起至今，只有極少數生物能偏離程序，祂亦會派同伴清除那些偏差。

乾闥婆和迦樓羅清除了由現行的羿產生的偏差，殺了他的妻子，並阻止他的兒子把偏差進一步擴大。羿的修正行動，業已完成。

在帝釋最關注的七位威脅者的預言中，持弓的陽昭影像已扭曲至無法修復，甚至波及其他六位，預言要開始崩解……

偏偏這時，水晶球的影像產生了異變，原來扭曲的持弓者慢慢回復過來，卻不再是陽昭——而是陽天。

陽天的回歸，引致其他六位：虎將、夜照師、夜叉、獅、陰陽師和阿修羅，皆各就原位。

這七位威脅者，將會突破巨大扭曲空間，來到諸神的聖地，由帝釋親手一次清除！

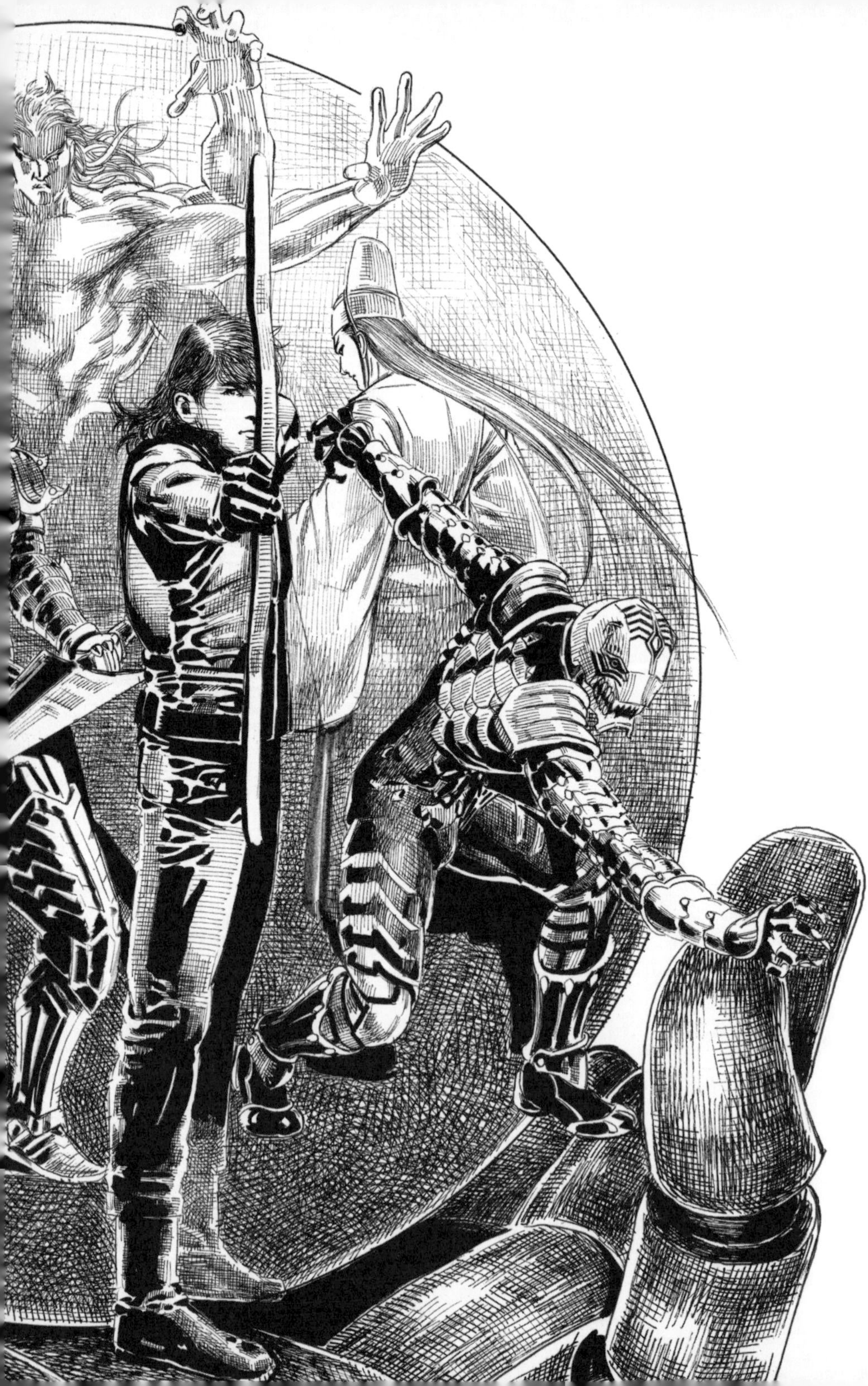

【如果，那天晚上……】

書店。紙幣放在雪櫃上的松柏盆景旁邊。

「如果可以，我有很多事情想問問父親。」陽昭已喝光了這瓶啤酒。

「這是理所當然。如果不提問，永遠都沒法解開疑問。」

說話至此，春風和陽昭陷入沉默。

只是彼此默默看著對方，彷彿害怕一眨眼，眼前人就會消失。

陽昭正想開口說話之際，春風主動湊上唇片，二人深深長吻……

當兩人離開書店，大門關上時帶動風吹，令那盆景的小葉子掉了幾片下來。

東方搜神閣

天火傳 III

劉德華 主創

張志偉 曹志豪 吳家強 著

責任編輯 寧礎鋒
書籍設計 姚國豪

出版 P. PLUS LIMITED
香港北角英皇道四九九號北角工業大廈二十樓
20/F., North Point Industrial Building,
499 King's Road, North Point, Hong Kong

香港發行 香港聯合書刊物流有限公司
香港新界荃灣德士古道二二〇至二四八號十六樓

印刷 美雅印刷製本有限公司
香港九龍觀塘榮業街六號四樓A室

版次 二〇二〇年十二月香港第一版第一次印刷

規格 特十六開（150mm × 210mm）三一八面

國際書號 ISBN 978-962-04-4734-1